내비 아씨의 프로방스

내비아씨의
프로방스

1판 1쇄 발행 | 2017년 12월 26일

지은이 | 류창희
발행인 | 이선우
펴낸곳 | 도서출판 선우미디어

등록 | 1997. 8. 7 제305-2014-000020
02643 서울시 동대문구 장한로12길 40, 101동 203호
☎ 2272-3351, 3352 팩스: 2272-5540
sunwoome@hanmail.net
Printed in Korea ⓒ 2017. 류창희

값 12,000원

※ 잘못된 책은 바꿔 드립니다.
※ 저자와의 협의하여 인지 생략합니다.

본 도서는 부산문화재단 지역문화예술특성화사업의 일부 지원을 받았습니다.

이 도서의 국립중앙도서관 출판예정도서목록(CIP)은 서지정보유통지원시스템
홈페이지(http://seoji.nl.go.kr)와
국가자료공동목록시스템(http://www.nl.go.kr/kolisnet)에서 이용하실 수
있습니다.(CIP제어번호: CIP2017035292)

ISBN 978-89-5658-551-2 03810
ISBN 978-89-5658-552-9 05810(PDF)

내비아씨의 프로방스

류창희 지음

선우미디어

들어가며

　수필을 벗 삼고, 수필을 스승 삼는다. 감정의 기폭을 쓸어내리는 날, '나는 글을 쓰는 사람이니까' 늘 스스로 괜찮은 사람으로 마무리한다. 힘들다가도 문득, '수필'이라는 단어를 떠올리면 그 또한 글감이다. 수필은 위로다. 위로는 셀프다.

　글, 쉬운가.

　늘 원고마감 대드라인Deadline에 강박을 가지고 쓴다. 그러나 글 쓰는 일은 죽고 사는 일이 아니다. 지금의 나보다 더 잘 살아볼 만큼 즐기면서 쓰자고 마음먹었다. 그랬더니 원고지만 보면 즐겁다. 오호라! 즐거움[樂]은 근심하는데서 생겨야 싫증이 없나니, 즐기는 자의 고뇌와 수고로움을 내 어찌 잊을 수 있겠는가.

글 쓰며 사는 삶이 한없이 고맙다. 책을 만들어준 출판사
와 원고청탁서를 보내주셨던 문예지 수필 편집장님들, 그
리고 무엇보다『내비아씨의 프로방스』를 읽어주시는 독자
한 분 한 분께 감사드린다.

2017, 겨울
마린시티 옥탑 방에서
류창희

차례

제 1 부

봄의
질주

봄의 질주

봄이 올 것 같지 않았지요. 스무 살 무렵, 안톤 체호프의 연극『벚꽃동산≫을 보았어요. 우린 그때부터 화사한 벚꽃동산을 꿈꿨을지 몰라요.

모든 걸 우물 속에 내동댕이치고 떠나는 거야. 그리곤 바람처럼 자유로워지는 거야. 너무 멋져. 나의 영혼은 밤이건 낮이건 어느 때를 막론하고 형용할 수 없는 예감에 넘쳐있어. 나는 행복을 예감해. – 체호프의 희극 '벚꽃동산' 대사 중에서

지난여름, 독일에서 자동차를 렌트했어요. 남프랑스 지역 스물세 개의 야영장을 돌면서 "원 텐트! 투 피플!" 줄곧 두 마디만 했죠. 그는 버킷리스트 중에 190킬로 이상 밟고

그린젤패스와 푸르카패스를 달려보고 싶다했어요. 나는 멈춤이 좋아요. 쪼그리고 앉아 풀꽃을 내려다보는 것이 좋고, 텐트 안이 좋고, 미술관이 좋고, 꽃그늘이 좋고, 빈 의자가 좋아요. 전생에 숨차게 달렸었는지 쉬어도, 쉬어도 또 쉬고 싶어요.

능소화 빛 민소매 원피스를 입고 노브래지어와 맨발로 니스해변을 걷고 싶었어요. 그는 베르동 협곡으로 들어가서야 숨 고름을 하더군요. 질주하는 사람들은 나폴레옹이 되고 싶은가 봐요. 알프스를 향하여 탈출하듯 '나폴레옹가도'를 달렸어요.

프로방스는 마치 오픈카 전시장 같았지요. 클래식 오픈카를 운전하는 사람들의 표정은 마치 '태양은 가득히' 주인공들처럼 보였죠. 우리는 손바닥만 한 햇볕도 가리는데 그들은 뜨거워도 화끈하게 노출하더군요. 태양의 신, 신전수준으로요. 올드 오픈카일수록 들어보라는 듯 드르렁드르렁 연륜의 쇳소리가 더 우렁찼어요.

왜 독일에서 차를 렌트하느냐고요? 독일은 고속도로를 쌩쌩 달려도 속도위반 벌금 고지서가 날아오지 않는다는군요. 세계만방 사람들에게 히틀러가 저지른 독재를 사과하는 의미라는데…, 정말 그럴까요? 결국, 독일 차 BMW나 벤츠가 잘나간다는 광고 효과를 얻어내니, 아직도 아우슈비츠 가스실처럼 자동차의 독식으로 여겨집니다.

속도감은 젊은이들의 전유물인 줄 알았어요. 지그재그 길을 치고 올라가던 그들이 헬멧을 벗는 순간, 놀랐어요. '길 위에서 죽어도 좋아'의 폭주족은 은발의 장년들이었어요. 젊은 날, 열심히 일한 보상으로 남의 눈치 안 보고 당당하게 자신의 삶을 즐기는 그들이 무척 부러웠어요.

형형색색의 자동차와 공중에 매달려서 서서 앉아서 누워서 엎드려서, 날고 달리는 기구들. 경비행기 패러글라이딩, 카이트서핑, 요트 오토바이 자전거 스키 등을 타고 생의 마지막 순간처럼 질주하는 별별 나라, 별별 사람들. 그 대열에 합류하여 우리는 꿈결처럼 알프스를 넘었지요.

벚꽃동산에서 도끼 소리가 들리는군요. 인생은 일장춘몽一場春夢이라 했던가요. 사나흘 고뿔 한번 앓고 나면 봄꽃은 지죠. 그와 나, 어느덧 화갑花甲입니다. 다시 봄, ᅦ, 도돌이표. 도로 제자리로 돌아왔어요. 그곳에도 바람이 불더라구요. "그대여! 그대여! 그대여!" 봄바람 휘날리며, 사랑하는 연인들이 많군요, 알 수 없는 친구들이 많아요, 흩날리는 벚꽃

잎이 많군요, 좋아요~♬ '벚꽃엔딩'. 연분홍 시절이 막을 내리니 다시 촉촉 차오르는 연둣빛 봄날입니다.

잎이 많군요, 좋아요~♬ '벚꽃엔딩'. 연분홍 시절이 막을 내리니 다시 촉촉 차오르는 연둣빛 봄날입니다.

욕파불능

– 나는 글을 이렇게 쓴다

저녁 무렵 초가지붕 위로 올라가는 연기가 아름다웠다. 마을은 평화로웠지만 내 마음속의 그림은 그다지 고요하지 않았다. 그림에는 항상 빈터가 많았다. 여백은 늘 눅눅하게 젖어 물이라도 한 방울 떨어지면 금세라도 물웅덩이가 될 것만 같았다.

'만물은 평형을 얻지 못하면 소리가 나게 되는데, 초목은 본래 소리가 없지만, 바람이 그것을 흔들어 소리가 나고, 물은 본래 소리가 없지만, 바람이 그것을 움직여 소리가 난다.'고 한유韓愈는 '불평즉명不平則鳴'을 말했다.

편안하지 않으면 울게 되어 있다는데, 나의 유년은 한유처럼 배고프거나 춥지는 않았지만, 누군가가 타고 왔던 파란색 코로나 택시의 뒤꽁무니가 동구 밖을 빠져나가는 날이면 눈물이 나곤 했었다.

엄마의 이불장 속에는 늘 꿈 보따리가 숨겨져 있었다. 매화 파랑새 구름이 그려져 있는 「그리운 당신께」라는 제목의 일기장이다. 나는 자라면서 무슨 말인지도 모르는 습관적인 그리움을 배웠다. 나도 누군가에게 '그리운 ○○께'라고 편지를 쓰기 시작했다. 그리움의 대상은 꼭 누가 아니라도 좋다. 어떤 물상일지도, 아니면 내 안에 있는 나일지도, 어쩌면 배냇적 이전의 설움 같은 것일지도 모른다.

내가 글을 쓰는 것은 그리움을 만나는 일이다. 그리움은 나에게 어떤 한恨 같은 정서를 남겨주었다. 울컥울컥 그리움을 행간에 써 내려가다 보면 속이 후련해진다. 내 스스로 비위를 맞추면서 나를 어루만진다.

엄마는 날마다 화투 점으로 하루를 열었다. 그때 가령, 육목단이 떨어졌더라면 나는 매일 함박꽃처럼 웃으며, 줄무늬 주름치마와 리본 달린 핑크빛 블라우스를 입고 도화지에 열두 가지 빛깔의 크레파스로 그림을 그릴 수 있었을까. 어쩌면 엄마와 딸이 굽실거리는 불 파마를 하고 아버지와 동생도 다 같이 읍내에 가서 가족사진 한 장쯤 박았더라면, 아마 그랬더라면, 나는 문학 같은 것하고는 거리가 멀었을지도 모른다.

늘 허기진 마음으로 구석에서 책을 읽었다. 글 속의 남의 생각과 남의 생활을 들여다보며 올곧은 생활만이 나를 지켜줄 것이라 믿었다. 작정하고 일부러 시늉한 것은 아니었지만, 사람의 도리로써 해야 할 일과 차마 해서는 안 되는 일을 가늠하느라 자신을 단속했다. 자신의 마음 밭이 엉망이라고 닦달하며 매일 호미를 들고 김매느라 전전긍긍하며 살아왔다. 그런데 그 고달프게만 여겼던 잡풀들이 알고 보니, 나를 지켜주는 힘인 것을, 문학의 거름인 것을 새삼 깨닫는다. 강인한 생명의 뿌리를 껴안고 이젠 더불어 풀숲이 되어도 괜찮을 성싶다.

나의 정서는 달빛에 박꽃이 피는 초가삼간이다. 잘 꾸며진 문文보다 소박한 질質에 바탕을 두는 촌스러운 감성이다. 게다가 지나치게 솔직하기까지 하다. 나는 내가 이야기할 수 있는 것만이 진정한 내 글이라고 생각한다.

누군가는 평생을 잘 다듬어진 글 한 편처럼 살고 싶다고 한다. 나는 하루하루 글 한 편처럼 살고 싶다. 그러나 사는 것이 매양 수채화처럼 뼛속까지 맑고 투명하다면 얼마나 좋을까. 수필 쓰기는 늘 나를 응원하고 나를 일으켜 세우는 에너지다.

보잘것없는 삶이라고 위축될 필요도 눈치 볼 필요도 없다. '내가 아니면 누가? 지금 아니면 언제?' 당당하게 표현하고 싶다. 남이 어떻게 생각할까 의식하지 않으려고 한다. 나는 누구를 위하여 쓰는 것이 아니다. 내가 내 글을 쓰는 것이다. 결코, 막 쓰자는 말은 아니다. 뼈와 살 사이에 있는 틈을 젖히는 칼 다루는 법을 익히고 연마하여, 글이 예리하기는 하지만 부드러워서 사람의 마음을 상하지 않게 하며, 복잡하기는 하지만 재미있어 읽어볼 만한 '포정해우庖丁解牛' 같은 글을 쓰고 싶다. 나는 그동안 『매실의 초례청』과 논어 에세이 『빈빈』 책을 썼다. 나를 옭아매던 유교의 관습들을 이제 내려놓고 싶다. 두루마기의 옷고름과 같은 치레를 버리고 매듭단추처럼 삶과 글을 편안하게 여미고 싶다.

글을 쓰며 생활할 수 있는 것은 내가 선택한 '청복'이다. 돈을 버는 일보다 글 쓰는 삶이 풍요롭다. 글을 쓰는 순간, 비로소 나는 자유롭다. 글쓰기는 자유의 길로 떠나는 여정이다. 길은 생각처럼 질서정연하지 않다.

처음에 글을 쓰는 맛은 설렘이었다. 막상 씹어보니 땡감처럼 떫다. 그렇다고 열매를 다 따 버릴 것인가. 말랑한 홍

시가 되는 기간까지 아름다움을 볼 수 있는 눈이 밝아졌으면 좋겠다. 글쓰기는 상하 계급이 없다고 한다. 노벨문학상을 받은 사람도 그 다음 날 일어나서 다음 작품을 쓴다고 들었다. 비가와도 눈이 와도 바람 불어도 쓴다. 무조건 그냥 쓰는 것이다. 글 쓰는 사람은 글쓰기 자체가 미덕이다.

뼛속까지 내려가서 쓰라는 작가 나탈리는 '글쓰기는 섹스와 같다.'고 했다. 오르가슴을 향하여 극한의 순간까지 함께 치닫는 맛, 오로지 다른 생각 없이 발 앞에 폭탄이 떨어지더라도 꼼짝하지 말고 글을 쓰라고 권한다. 마른 표고버섯처럼 에스트로겐이 쩍쩍 갈라지는 여인, 폭탄테러를 피할까? 아니면 당할까!

나는 오늘의 작가가 되고 싶다. 오늘의 작가는 오늘 글을 쓰는 사람이다. 지금 나는 글을 쓰고 있으니 '오늘의 작가'다. 이 글을 다 쓰고 나면…, 이 글이 발표되면…, 언제나 이 글이 끝나기를 바라며 글을 쓴다. 이 글을 다 쓰고 나면 그러면 나는 또 무엇을 할 것인가. 언제나 골목에서 낯선 나그네가 서성이고 있다. 나그네를 나만의 방, 원고지 안으로 불러들인다. 쓰지 않으면 불안하다. 우러러 볼수록 더욱 높고 뚫고 들어갈수록 더욱 깊어, 그만두려고 해도 그만둘

수 없는 '욕파불능欲罷不能' 중독의 경지. 내 안에 그대, '글'
있다.

해 질 녘

노을빛마저 산 뒤편으로 넘어간다. 게으른 자 석양에 바쁘다더니 꼭 이 시간에 봐야 하는 숙제도 내일 당장 돌려주어야 할 책도 아니면서 어둠 속에서 빛을 모으고 있다. 어쩜 빛 속에서 어둠을 맞이하는 나만의 의식일 수 있다. 식구들은 현관에 들어서다 말고 "컴컴한 데서 뭐 하냐?" 매번 타박한다. 혹 '언짢은 일이 있었나?' 염려하는 마음에서다.

선선한 계절에는 밥솥에 저녁쌀을 안쳐놓고 야산에 오르곤 한다. 기껏 해봐야 중턱을 거닐다 새 소리나 풀벌레 소리를 듣는 가벼운 산책이기 십상이다. 그러나 제비꽃이나 양지꽃 몇 송이를 보며 기다리는 소리는 따로 있다. 건너편 암자에서 들리는 저녁예불소리다. 마을 창가에 한 집 두 집 불이 켜진다. 불빛에서 저녁밥 냄새가 난다.

내가 살던 고향은 초가지붕 위로 집집이 연기가 피어오르면서 어두워졌다. 뭉게뭉게 솜꽃같이 둥글고 뽀얀 연기는 안 동네 기와지붕 위로 올라간다. 장작불을 대는 큰댁 연기이다. 푸르스름한 연기가 가늘게 올라가다 흩어지는 꼴은 우리 집 굴뚝에서 나오는 연기다.

사랑방에서 할아버지가 공자 왈 맹자 왈 읊는 소리만 들렸지 장작을 팰 튼실한 일꾼이 없었던 우리 집. 북서풍에 청솔가지로 아궁이에 불을 지피며 엄마는 아침저녁으로 매캐한 연기에 설음을 토해 내셨다. 철없는 딸은 연기만 보면 사람보다 밥이 그립다. 구수한 밥, 들척지근한 엿, 풋풋한 쇠죽 끓이는 냄새는 허기를 달래준다.

방안에 등잔불을 켜기 전에 이른 저녁을 먹었다. 잔치, 초상, 제사나 가을걷이 타작하는 날, 섣달 그믐날이 아닌 날에 불을 켜고 밥 먹는 일은 게으른 며느리의 흉 거리다. 밥상을 차리며 엄마는 사랑방에 계신 할아버지를 모셔오라고 한다. 사랑채 앞을 살며시 빠져나가 "할아버지, 진지 잡수세요." 외치며 방앗간 동네로 달음박질쳤다. 안동네와 달리 타성바지 아이들은 늦게까지 놀 수 있다. 그 동네 어른들은 밭일이나 나무하러 가서 저물어야 돌아오기 때문이다.

고무줄 놀이하는 아이들의 노랫소리가 신이 났다.

어둠은 고깔모자처럼 꼬맹이들 머리 위까지 덮어씌우려 한다. 손녀딸만 셋을 키우는 성정이 불같은 춘복이 할아버지가 키보다 훨씬 높은 나뭇짐을 지고 밭을 가로질러 달려오신다.

"말만 한 지집아들이 다 저녁때 가랑이를 벌리고 겅중거린다."며 작대기를 휘두른다. 정작 고무신을 벗어놓고 펄쩍펄쩍 뛰놀던 아이들은 다 도망가고, 구경하러 갔던 콩만 한 계집아이 혼자만 잡혀 혼쭐이 난다. 할머니는 나를 앞세워 경黥을 치러 간다. 그런 날, 달빛 아래 할머니와 손녀딸은 밤 마실 동지가 되어 돌아왔다.

여행길 뉘엿뉘엿 석양을 뒤로하고 숙소를 찾는다. 낯선 마을에 들어설 때, 혹은 집으로 돌아올 때, 나는 늘 후렴처럼 되뇌는 소리가 있다.

"음~ 좋아, 음~ 좋다."

스르르 안온한 감정에 무르익어 내는 꽃 신음이다. 어스름에 무작정 취한다. 딱히 고달플 것도 없는 날들인데, 나는 늘 어둠이 내리는 시간이 되면 쉬고 싶다. 낮에 지나치게 많이 한 말, 욕심에 종종걸음 치던 발자국들을 다 덮어줄 것만 같다.

해가 지면 할머니도 아들을, 엄마도 아버지를 더는 기다리지 않았다. 별 문단속이 없던 시절, 개 짖는 소리는 오히려 마음을 불안하게 한다. 밤손님은 낯선 사람일 뿐이다. 등잔불 밑에서는 모든 일을 멈추고 옛날이야기를 듣거나 이불 속에서 발장난을 쳤다. 어릴 때의 습관처럼 지금도 나는 밤이 편안하다. 기다림이 끝난 것이다.

어떤 이들은 생각을 모으는 일은 밤이 되어야 할 수 있다고 한다. 책상 앞에 앉아 까만 밤을 하얗게 지새우면서 글쓰기도 한다는데, 해 떨어지고 난 다음의 나는 도무지 생산적이지 못하다. 오죽하면 입시생 어미시절에도 9시 뉴스도 보지 못하고 잠잤을까.

어떤 심리학자가 '생애 최초의 기억이 그 사람의 정서情緒'라고 했다. 나의 밑그림은 어스름한 저녁 무렵, 부엌과 뒷간 사이에 내가 앉아있다. 모락모락 뜨거운 메주콩을 찧는 절구통 옆이다. 절구통 밖으로 튀어나오는 콩알을 주워 먹는 애틋한 정경이다. 절구질하는 엄마와 작은어머니 옆에 한 덩이씩 손으로 메주를 주무르는 할머니도 보인다. 어슴푸레 고즈넉한 수묵화다.

딸은 엄마를 닮는다더니, 엄마도 어둠이 내리는 저녁 무렵을 좋아하셨나 보다. 친정올케가 "어머니, 어떤 커피 드실래요?" 물으니 "커피면 커피지, 무슨 커피?" "아니요, 해즐럿 드실래요, 믹스커피 드실래요?" "나는, 해·질·녘·마실란다." "하하하" "호호호" 글 쓰는 딸의 엄마는 커피 빛깔도 해질녘이다.

님에 대한 변

어느 날, 누구 씨 하니 "엄마는 글을 쓰는 사람이…", 한문 투의 말을 쓴다며 아이가 나무란다. 그날 이후부터 나는 온라인이나 오프라인에서 대화할 때 '님'이라는 호칭을 자주 쓴다. '님'이라는 단어에서는 그리움이 수묵처럼 번진다.

오늘 만남을 주선하며 상큼님, 이쁨님, 사랑님, 명랑님으로 불렀다. 님자를 붙이니 어색하다며 어느 분이 '씨'가 낫겠다는 볼멘소리다. 버님 머님 드님 느님…, 아직 '님'자를 붙인다는 것도 내 기준으로는 그만큼 지켜야 할 도리가 있다는 말이다. 오래된 만남이라고 해서 저절로 정이 따뜻해지는 것은 아니다. 자주 군불을 지펴야 한다. 다시, 상큼 이쁨 사랑 명랑이라고 고쳐 부르니 금세 자유롭다. 자우의 경지, '소요逍遙'다. 소요는 마음대로 막 나가자는 것이 아니다.

문득, 보고 싶은 날, 달려갈 수 있는 '선택의 자유'다. 얽매임이 없는 문화카페에서 노니는 조촐함이다.

클라우디아 수녀님도 늘 약속 없이 번개팅으로 만난다. 이유는 오로지 '보고 싶다'다. 오직사랑, 르코, 오드리, 빙호, 우아미, 취하는 건 바다, 화양연화도 그렇다. "선생님이 뭐냐? 정없게스리!" 그날 모인 벗의 특징으로 컨셉을 정한다. 여기서 사회의 사모관대는 잠시 벗어둔다. 오롯이 너와 나, 그리고 우리다.

마치, 베네치아의 가면극과도 같다. 결코, 호칭이 오언절구 칠언절구로 무게 잡거나 어줍은 도道로 현학적이지 않다. "화양연화, 지금 출발!" 한마디에 인사동, 광안리바닷가, 홍천 언덕에서 양산 쓰고 만난다. 어디 고대 로마시대의 포럼이 따로 있나. 너와 나 우리는 오늘의 '낭만 논객'이다. 미리 약속하지 않으면 관계를 저울질하느라, 평생 따로 만날 일은 없는 벗들이다. 그만큼 서로 지킬 것이 많다. 언제 밥 한번 다음에 차 한 잔…, '언제'와 '다음'이라는 말은 약속이 아니다. 그대와 나의 거리를 측정하는 단위다.

나의 느닷없는 호칭에 겁내지 마시라. 제자리에 가면 회장님, 선생님, 선배님, 후배님, 아버님 어머님 아드님 며느님 님님님님, 님타령의 예의범절도 깍듯하다.

"님은, 아이들 말을 그렇게 잘 들으세요?" "그럼요." 부모가 '해라' 하면 잔소리지만, 자식이 어미에게 '이렇게 해보세요.' 권하는 말은 다 영양가 있는 교양언어, 세대 간의 소통이다.

『규합총서』, 이 한 권의 책

　어느 날 아이가 말했다. 낮잠을 자다 깨어보니 엄마는 없고, 창밖에 비가 내리는데 갑자기 무서운 생각이 들더라고. TV를 켜면 귀신영화가 나올 것 같고, 밖을 내다보니 누가 문을 열고 들어올 것 같아서 동화책을 폈더니, 책 속에서도 도깨비 방망이가 나왔다. 그때마다 무서움을 달래느라 엄마가 올 때까지 가장 두꺼운 책 『국어대사전』을 펴놓고 엄마, 강아지, 장난감 등 좋아하는 단어를 찾으니, 금세 행복했었다고 한다.

　오래된 이야기를 듣는 순간, 엉뚱하게 나는 기분이 좋았다. 내가 만약 집에서 도시락 잘 싸는 것에만 비중을 두었다면, 아이는 분명히 몸만 비대해졌을 것이다. 천만다행이다. 나의 바깥 일로 인해 아이의 정신세계가 국어사전처럼 풍요로워졌다고 생각하니, 꽤 괜찮았던 어미 같아 어깨가 으쓱했다.

나에게도 아이의 국어사전에 버금갈만한 책이 있을까.

한문투성이의 서지학書誌學시간, 재미있을 리 없다. 키가 유난히 작은 천혜봉 교수님은 온몸으로 열강하신다. 중간에 졸거나 조잘대는 여학생들에게 분필을 분질러 내던지곤 하셨다. 누가 맞았을까? 나에게 가장 많이 명중시키셨다. 도서관이나 가정에 사서삼경과 나란히『규합총서』를 반드시 갖춰 놓으라는 수업이었다. 나는 분필로 늘 얻어맞은 덕분으로 규합총서 한 권을 혼수목록으로 가져왔다.

『규합총서閨閤叢書』 한마디로 한국인의 '종합백과사전'이다. 순종 9년(1809년) 서유본의 부인 '빙허각 이씨'가 부녀자를 위해 엮은 한글로 된 '생활지침서'다. 그녀는 그 당시 여성실학자다. 예를 들면 누에 칠 때, 비린내 누린내 등잔기름내 술 초 마늘 파 생강 후추 … 칼, 도마 소리, 울음소리도 삼간다. 혹, 천둥번개라도 치는 날은 버들가지를 많이 꺾어다 놀라지 않도록 에워싸 보살핀다. 아랫드리 벗긴 사내아이나 상추쌈을 먹은 아낙의 출입도 금한다. 누에고치 모양이 찌그러지거나 잘록한 허리 없이 두루뭉수리 쌈 모양으로 될까를 염려해서라니 설명이 아주 해학적이다.

술과 음식, 바느질 길쌈, 시골살림의 즐거움, 병 다스리기의 4개 목차로 나눠있다. 조선시대 안방마님의 구수한 입담과도 같이 구술 체로 내려쓴 한글 붓글이 원본이며 밑에는 현대 우리말로 풀이해 놓은 책이다.

간혹 나보다 연세 높으신 분들에게서 '나이는 젊은데 자신들의 할머니 혹은 고모님 말씀을 듣는 것 같다.'라는 말을 듣는다. 칭찬으로 들린다. 어쩌면 나의 정서情緖는, 규합총서의 인정스런 내용이 스며든 것이 아닐까.

절차탁마

– 책 리뷰 『한서 이불과 논어 병풍』 이덕무 청언소품 / 정민

정민, 그는 방정한 작가다. 마치 돌에 한 자 한 자 마음을 새기는 전각처럼 고전을 해석하고 전달한다. 나는 옛사람들의 맑은 정신이 그리우면 정민선생의 책을 읽는다.

그는 절제된 언어로 재료의 맛을 고스란히 보여준다. 공부에 게으르고 겉멋에 휩쓸리는 나 같은 얼치기에게는 스승이다. 그가 끊임없이 옥돌을 자르고 갈고 쪼아 정갈하게 마무리하는 모습에 가혹한 별칭 하나 덧붙인다면 절차탁마 切磋琢磨의 '탁마'선생이다.

나는 그의 부富가 부럽다. 정선된 알곡만 열두 곳간을 가지고 있다고 한다. 「농가월령가」처럼 열두 갈래로 분류해 놓은 씨앗창고다. '옛 글을 읽다가 이따금 쾌재의 문장과 만난다. 어떤 때는 너무 기뻐 방안을 왔다 갔다 한다. 나른

하던 정신이 번쩍 돌아왔다. 마음속에 새기고 싶어 하나하나 갈무리해 둔다.’ 그의 책 ‘죽비소리’의 서문이다. 숨 막히는 질투심마저 갖게 한다. 나는 그의 ‘죽비’를 훔치고 그의 ‘스승의 옥편’도 훔친다. 정민선생의 책만 나오면 내 서가에 꽂아놓아야 직성이 풀린다.

이번에는 이불도 훔치고 병풍도 훔쳤다. 『한서 이불과 논어 병풍』은 조선시대 이덕무의 청언소품을 옮긴 것이다. 자신이 ‘간서치看書痴’전을 지어 스스로 책만 보는 바보가 된 이덕무 이야기다. 추운 겨울 차가운 구들에서 『논어』를 병풍 삼고 『한서』를 이불 삼아 덮고 잔다. 사립문 사이로 삭풍이 들고 문풍지 사이로 황소바람이 불었을 것이다. 얼마나 추웠을까. 그런데 그 모습을 상상하면 몸이 오그라들기는커녕 빙그레 웃음부터 나온다. 그만한 운치가 또 어디 있을까. 가난함을 편히 여기고 도를 즐기는 안빈낙도安貧樂道다.

다시 오는 겨울이 제아무리 춥다 한들 서가에 이불과 병풍을 삼을만한 책이 그득하니 무슨 걱정이랴. 더구나 ‘내가 나를 벗 삼았으니 혼자인 것이 조금도 서운치가 않다.’ 참으로 군자다운 사귐이다. 나는 혼자 있기를 바라면서도 또 무리에서 소외되는 것을 두려워한다. 결국, 핑계 삼아 이 모임

저 모임 송년회 신년회…, 영락없는 소인의 행보다.

지금, 나는 연장이 필요하다. 점점 무디어지는 지성과 감
성 그리고 인성을 무엇으로 갈고 닦을까.

몰입

– 책 리뷰 『그 섬에 내가 있었네』 / 사진 글 김영갑

나는 무엇에 몰입할 수 있을까. 어느 날, 동희씨가 책을 건네주면서 그곳에 한번 가보라 했다. 책은 취향이다. 얼마간 책상 위에서 뒹굴었다.

『그 섬에 내가 있었네』 사진작가 김영갑, 그는 그 섬에 있었다. 한라산의 옛 이름이기도 한 '두모악'은 그가 절박으로 빚어 만든 '김영갑 갤러리'다. 그는 한라산 자락에 핀 꽃이다. 여느 꽃처럼 서서히 시들지 않고, 송이 째 "툭" 저를 버린 동백꽃이다. 그러나 동박새는 모른다. 선홍빛 울음이 묻어나는 동백꽃을 피우기까지 작가 김영갑이 견뎌낸 고통의 시간을… 눈비 바람 가뭄 혹한과 무더위를 기억하지 않는다.

"이젠 끼니를 걱정하지 않는다. 필름 값을 걱정하지 않아도 될 만큼 형편이 좋아졌다. 그런데 카메라 셔터를 누를 수 없다. 루게릭병으로 침대에 누워 무언가에 몰입할 수 없는 하루는 슬프다. 병이 깊어지면서 삼 년째 사진을 찍지 못하고 있다.” 그는 춥고 배고팠던 시절을 그리워한다. 그의 절규는 차라리 간절한 기도문이다.

나도 글을 썼다. 가장 힘든 시간에 쓰기 시작했다. 어머님의 병시중을 들며 병원 계단에 앉아 글을 썼고, 일하러 다니면서 길거리에서 글을 썼다. 지금은 몸도 마을도 평상심을 찾았는데 자꾸 한눈을 판다. 내 글이 평론가에게 인정받는 글이 아니라도 좋다. 앞집 꽃잎이 엄마가 눈물 글썽일 수 있는 진솔한 글이면 충분하다. 글 쓰는 사람이 글로 이야기하면 그뿐, 일일이 독자들을 찾아다니면서 부연할 수는 없다.

김영갑은 말로 설명할 수 없기에 사진으로 표현한다고 했다. 절정의 순간은 찰나에 사라지고 만다. 그래서 더 황홀한지도 모른다. 화가 모네는 아내 「카미유의 임종」 앞에서 시시각각 변하는 주검의 빛깔에 몰입한다. 김영갑은 자신이 모네가 되고 카미유가 되어 마지막 순간까지 자신의 삶을 셔터로 누른다. ‘나는 세상 돌아가는 이치가 궁금해 사진

작가가 되었다.' 그리고 사진을 찍으며 아름다운 세상을 보았다고 말한다. 그가 본 세상, 그 아름다움은 무엇인가.

화가는 삶을 화폭에 담고, 음악가는 삶을 오선지에 담는다. 나는 어떤가. 원고지보다 더 자주 스마트 폰에 삶을 담는다.

몰입이 멀다.

그녀도 찔레꽃을 보고 있을까?

열아홉 살이었다. 아니 스물한 살이었다. 그래, 스물여섯까지였다. 나는 저녁마다 미열에 시달렸다. 여름에 솜이불을 덮고 자도 손과 발이 시렸다. 약을 한 알 한 알 넘기며, 처절한 산조 가락 같은 잔기침 소리로 이십 대를 맞이하고 보냈다. 그사이 가슴에 훈장 하나 달았다. 엑스레이를 찍으면 결핵균이 침투했던 자리에 동전크기만 한 흉터가 보인다. 마치 간장독 안에 핀 찔레꽃처럼 하얗다.

그 시절 나는 비쩍 말라 눈만 퀭했다. 엄마가 혼자 어렵게 꾸리는 살림이었기에 집이나 직장에 이야기할 수 없었다. 직장에서 쫓겨나면 가족의 생계와 학비를 마련할 길이 없다.

주경야독하던 나는 무교동에서 퇴근해 명륜동 학교까지

가는 동안, 늘 병원에 들렀다. 당시 나는 음성 환자라 큰기침이나 각혈도 없었건만 사람들은 나를 보면 피했다. 겁을 냈다. 학교 앞 내과에서도 집 앞 소아과에서도 주사를 놓아주려 하지 않았다.

그때 안국동 한국병원에 한 달분의 주사약을 사서 맡겨 놓으면 간호사가 알아서 매일 놓아주었다. 처음 몇 년은 매일 맞았으나 증세가 나아지면서 이틀에 한 번, 사흘에 한 번씩 맞으니 일일이 개수를 세기 어려웠다.

몇 달이 지나도 주사약이 떨어졌다는 말이 없다. 나는 간호사에게 "약 떨어질 때가 되지 않았어요?" 물으니, "샘이 마르는 것 보았어? 나는 네게 샘물이 되고 싶어"라며 나에게 계속 주사를 놓아줬다.

아마 나보다 예닐곱 살은 나이가 많았을 것이다. 언제나 시간을 다투며 주사 맞고 병원 문을 바쁘게 나서는 내게 "공부 열심히 해. 졸지 말고."라며 손을 흔들어줬다.

나는 안국동에서 버스타고 명륜동으로 가서 금잔디광장을 쌕쌕대며 걸어 올라가 수업을 받고, 밤 열 시가 넘어 집으로 가는 버스를 탔다. 눈을 부릅뜨고 졸음을 참았지만, 자주 꼬박꼬박 졸다가 꼭 길음동보다 두 정류장 지난 곳에서 깼다. 비몽사몽 중에도 "졸지 말고"라는 말 때문인 것 같아 억울했다.

언제부터 소식이 끊어졌을까. 이름도 성도 얼굴도 전혀 생각이 나지 않는다. 까마득하다. 여름향기 번지는 유월, 산어귀에 찔레꽃만 속절없이 하얗다. 찔레꽃처럼 환하게 웃던 그녀, 그녀도 지금쯤 찔레꽃을 보고 있을까.

수수깜부기

그날, 잔뜩 흐렸어요. 세 동서가 시어머님을 모시고 재래시장에 갔었지요. 손과 발이 시려 종종걸음 치다 가마솥 뚜껑 위에서 지글지글 기름 둘러 지져지는 수수부꾸미가 먹음직스럽게 보이더라고요. 둥그런 부꾸미를 반달 모양으로 척 접어주는데, 드거운 맛을 빼고는 구수한 수수 맛이 없었어요. 사실 말인데, 수수는 감칠맛은 없어요. 전 어렸을 때 생일이면 수수팥떡을 먹었는데, 엄마가 26년간이나 해 주셨죠. 결혼하고는 한 번도 못 얻어먹었고요.

내 혀가 기억하는 맛과는 전혀 달라 서열도 잊은 채 한마디 했습니다. "수수는 '깜부기'가 가장 맛있어요." "…" "…" 그게 무어냐고 물으시기에 그 맛을 그윽하게 그리워하며, 아 ~ 수숫대와 수수 잎 사이에 옥수수처럼 붙어 있는 깜부기인데 수수와 함께 커요. 처음에는 수수 이삭과 구분이 잘 안 되지만, 수수 이삭이 패면 깜부기는 새까만 가르가 되어 날아가 버려요. 그래서 먹색으로 변하기 전에 옥수수처럼 '툭' 분질러 먹어야 하는데요. 겉은 하얀데 속은 거뭇거뭇 퍼석해도 살이 많아요. 라며 수수 알갱이 털어내듯 숭얼숭얼 설명했습니다.

시어머님께서 잠시 동서들 안색을 살피시더니, 내 얼굴을 쏘아보며 "네가 암 덩어리를 먹고 자란 거야" "…" "왜 그렇게 수수깡처럼 말라 비틀어졌나 했더니…" "…" "그 숯 덩이가 병든 것이지, 그게 곡식이가?" 버럭 역정을 내셨지요. 당신의 며느리에게 그런 걸 먹여 키웠다며, 사돈인 우리 엄마까지 싸잡아 화를 끓여 부으셨어요. 졸지에 수숫대 사이로 싸한 바람이 지나갔어요. 하늘도 놀라 이내 차가운 진눈깨비를 흩뿌리더라고요.

요즘은 수수밭이 참으로 귀해요. 만약 나에게 나락을 심을만한 밭이 주어진다면, 수수를 심고 싶어요. 아마 비료를 덜 뿌려야 수수깜부기가 무성할 거예요. 이즈음 엄마가 해주던 수수팥떡도 시어머님과 같이 먹다 된통 야단맞은 수수부꾸미도 다 그립군요. 장이머우 감독의 '붉은 수스밭' 영화도 다시 보고 싶고, 수수로 담근 고량주 한잔으로 찌르르 찐하게 목젖도 태우고 싶습니다. 수수깜부기를 먹는 것은 삘기나 오디, 메 뿌리를 찾아 먹는 것보다 잔재미는 없어요. 덜 여문 오이를 따 먹거나, 어른들 몰래 목화송이를 따 먹는 것보다 눈치를 보지 않아도 되는 당당함은 있습니다. 더구나 푸근하고 두툼하여 배도 금방 든든해지죠.

그날 이후, 나는 남의 시선에 신경 쓰며, 알곡만 튼실하게 보이는 농사를 지었던 것 같아요. 그리하여 턱 살도 뱃살도 발등 살도 두툼하니, 기름 두른 번철처럼 외모가 번드르르 하죠. 이제 수수밭에 서서 맑은 하늘을 올려다보고 싶어요. 수숫대 사이에서 수수한 바람이 맞아주겠죠. 수수깜부기를 먹던 초롱초롱한 눈매의 그 소녀처럼, 뼈대가 수수깡처럼 단단한 사람이 되고 싶습니다.

아뿔싸!

어느 분이 질문한다. "카스하세요?" "저는 별로 가리지 않아요" "…" '대체 뭐야?' 하는 눈초리다. 실제로 나는 술은 장르를 가리지 않는다. OB든 크라운이든 아사이든 기네스든 실온이든 슬러시든 상관하지 않는다. 소주도 그렇다. 시원이든 참 이슬이든 안동소주든 분위기 따라 폭탄주라도 "위하여! 위하야!" 눈빛 마주치고 화합의 건배를 할 수 있으면 술은 다 좋다. 취한 듯 술술 달아오르던 강의실 안의 열기가 기네스 맥주 거품이 가라앉듯 검게 변하며 싸하다.

아뿔싸! 내 어찌 알았으리. 카스가 '카카오 스토리_{Kakao Story}'라는 것을!

도서관 자원봉사선생님들이 회의 안건으로 제안한다.

“우리, 밴드 만들어요.” 밴드, 이건 정말 내가 할 수 없는 영역이다. 내가 입학했던 분실 초등학교에는 피아노는 어디 갔던지 풍금조차 없었다. 노래방에서도 나는 목소리의 높낮이와 박자를 맞추지 못한다. 중국어 공부를 하면서도 사성四聲이 어려워 나는 또박또박 국어책처럼 읽었다. 깡통을 막대기로 두들기며 참새 쫓는 일도 제대로 못하던 음치 박치 몸치인데 내 어찌 악기연주를 할 수 있을까.

아뿔싸! 소수의 회원을 조직하여 모임을 결성하는 ‘밴드band’를 내 어찌 알았으리.

어느 시어머니가 홈쇼핑을 보면서 꼭 사고 싶은 물건이 있다. 곱게 생긴 여자 호스트가 ‘애비’를 깔면 10%를 더 할인해 준다고 안내를 한다. 머리숱이 없는 사람에게 ‘자신감을 살려주는 ㅇ고데기’. 지금 사지 않으면 놓칠 것 같아 다급해진 시어머니가 며느리에게 전화한다. “에미야, 애비 집에 있냐?”“예, 집에 있습니다.”“그래, 마침 잘됐다. 어서 애비를 깔고 앉아라.” 티브이를 켜고 물건을 주문하라 재촉한다. “오늘따라 니 시애비는 어딜 나가 들어오지도 않는구나.”

아뿔싸! 그 애비가 그 '앱[Application Store]'이라는 것을 어찌 안단 말인가.

여행을 다니면서 무조건 '찍자, 생존!'을 실행한다. 카메라를 들고 "익스큐즈미?" 한마디면 국적을 막론하고 흔쾌하게 응하더니 점점 인류애가 사라지는지, 어느 때부터 슬그머니 '당신은 지금 실례하고 계십니다.'가 되었다. 일행이 없으면 혼자서 셀카를 찍는다. 입을 쭉~ 내밀기도 하고 살짝 웃어 보기도 하는데 멋쩍은 팬터마임이다. 추억의 '인증샷'을 남기려면 현장의 배경이 중요하다. 짧은 팔을 대신하여 나에게 맡겨보라고 긴 막대기가 꼬드겼다. 그러나 매번 조준에 실패한다.

아뿔싸! '셀카봉[Selfie stick]'을 치켜들고 찍었더니 정수리만 나왔다.

처음 카카오톡이 나왔을 때 나는 즉시 대답해야 하는 줄 알고 오밤중에도 답을 보내느라 잠을 설쳤다. 소모임 회의도 카카오톡으로 한다. 서로 얼굴을 보지 않고 한 공간에서 대화하니, 대놓고 반대의견이 없어 편리하다. 목소리와 표정이 없어도 스트레스가 쌓이기 시작한다. 그것마저 번거로워 이모티콘의 상형문자로 부끄러워요. 안돼요. 삐친 척, 떨리는 척, 놀란 척, 자는 척, 감정 표정을 보낸다. 어느 날 아이가 "왜요? 엄마!" 정색하며 전화했다.

아뿔싸! 깨진 하트 '이모티콘Emoticon'이 잘못 갔다. 아들아, 어미의 사랑은 늘 온전하다.

유럽 프로방스를 돌다가 첫 번째 로터리로 빠져나가라고 쉴 사이 없이 종알대던 내비가 한동안 말이 없더니 이내 죽어버렸다. 내비는 눈이다. 내비는 귀다. 멍청하게 시키는 대로 운전하던 우리부부는 현지에서 유럽형의 '톰톰'내비를 구매했다. 이건 또 뭔가. "턴, 라이트" 이후 3시간쯤 고속도로를 달려도 당최 말이 없다. 기다리다 지쳤는지 내비아씨가 다시 살아났다. 톰톰도령은 고속도로로 가라하고, 종알아씨는 라벤더와 해바라기 꽃을 보며 낭만을 즐기라고 시골길로 안내한다.

아뿔싸! 내 마음을 들켰다. '내비게이션Navigation'은 신이 내린 선물이 맞다.

이세돌 구단이 알파 고와 대국한다. 중학교 학부형들이 '알파고'가 어느 구에 있느냐는 전화가 빗발친다고 한다. 그런데 알파고 그 녀석이 사람이 다니는 학교가 아니란다. "뭣이라!" 오기가 생겼다. 기계가 숭고한 인간에게 감히 도전하다니. 인공지능은 어디까지나 인간의 도구다. 가슴 따뜻한 인문학을 말하며, 사람이 이기는 그 날까지 "나는 논어수업을 할 것이다." 큰소리쳤다. 에구머니! 강제로 전기 코드를 뽑지도 않았는데, 제4국에서 인간 이서돌이 알파고를 정말로 이겼다.

아뿔싸~! 어쩐다. '알파고AlphaGo' 때문에 나, 논어 강사 그만둬야 하는가.

제 2 부

동지섣달
꽃 본 듯이

나는 럭셔리하다

나는 럭셔리한 것을 사랑한다. 럭셔리한 것은 부유함이나 화려한 꾸밈에 있지 않다. 그것은 비속卑俗한 것이 없을 때 비로소 생겨난다. 비속함은 인간의 언어 중에서 가장 흉한 말이다. 나는 그것과 늘 싸우고 있다. 진정으로 럭셔리한 스타일이라면 편해야 한다. 편하지 않다면 럭셔리한 것이 아니다. 20세기 패션계에 혁명을 일으키며 프랑스 패션을 세계에 알린 '코코 사넬'의 스타일이다. 삶의 스타일도 다르지 않다. 럭셔리해야 한다. 비속하면 안 된다.

엄마의 딸

아비를 빌리다

함 받는 날이었다. 함진아비 두 명이 경부선기차를 타고 왔다. 길음동 산비탈 막다른 골목 파란대문 집으로 어서 들어오기를 기다린다. 할머니, 작은집, 고모님, 이모님 그리고 꽃다운 신부의 친구들이 다 기다리고 있다. 꽃샘추위에 붉은 팥고물을 얹은 봉치 시루떡에서 김이 모락모락 올라간다. 신부는 연분홍빛 뉴똥 한복을 입고 머리에 작은 패랭이꽃도 몇 송이 꽂았다. 모여 있는 사람들은 모두 조마조마 긴장하고 있다. '안 오면 어쩌지?' 함이 들어오기 전에 도착해야 할 사람이 꼭 한 명 있다.

기다리던 손님은 허술한 점퍼차림으로 왔다. 수염도 깎

지 못했다. 부랴부랴 고종사촌동생의 양복을 빌려와 입게 하니 소매길이는 손등을 덮고, 엉덩이는 들어갔으나 허리 춤은 작았다. "오라질 놈의 여편네" 20년 넘게 남의 남편을 데리고 살았으면, 딸 함 받는 날 정도는 양복을 입혀서 보냈으면 좀 좋아. 딸이 미리 준비해 놓은 몇 개의 함 값 봉투만 함을 지고 온 신랑친구들에게 전해 주고 신부의 아비는 떠나갔다. 병풍 앞에 빌려온 양복만 뱀의 허물처럼 널브러져 있다. 한 달 뒤 딸이 맞춰준 양복을 입고 웨딩마치에 맞춰 부녀는 행진했다. 신혼여행을 가기 전 인사하려고 아비를 찾았으나 아비는 벌써 가고 없다. 결국 양복 한 벌에 아비를 빌린 셈이다.

부고를 들었다. 객사客死다. 다른 살림집에서 가셨으니 그 지역으로 가야 한다. 문상오실 시댁어른들은 고향 선산 장지로 오시라고 했다. 요령소리 울리는 꽃상여는 어림도 없다. 수壽를 누리지 못한 환갑도 안 된 장년이기도 했거니와, 그보다는 부부의 연도 부모 자식의 연도 지켜내지 못했던 가장이요, 지아비였다.

장지에서 어미와 딸은 절차에 의해 절하라면 절하고 곡하라면 곡하고, 한 삽 더 부으라면 부었다. 35년간의 별거

생활에 무슨 애틋한 정이 있었겠는가. 그들은 염殮을 할 때도 한 삽 흙을 부을 때도 이미 뻣뻣해진 몸뚱이를 끌어안고, 쓰다듬고 놓치지 않으려고 부여잡고 울었다. 개 잡을 때 지르는 단말마 소리를 내며, 펄펄 뛰어 곧 땅속으로 함께 고꾸라져 들어갈 듯 애절하게 울었다. 엄마와 딸은 한 걸음 물러난 자리에서 그 광경을 지켜보고 있다. 사촌 여동생들까지 상복을 입었으니 소복을 입은 여인네들이 비무장지대의 개망초 꽃처럼 흐드러지게 번다하다.

딸의 시어른들은 그 상황을 어떻게 보셨을까. 울부짖는 여인네들의 모습. 정작 사돈인 친정엄마와 며느리인 딸은 차분한 구경꾼이다. 어느 시인은 자세히 보아야 예쁘다고 했는데, 자세히 볼수록 의혹만 더하다. 누가 본처고 누가 아들딸들인가. 엄마와 딸은 어서 그 자리에서 벗어나고픈 무언의 메시지만 선산가득 하얗다.

바랭이 양산

파란색 코로나 택시가 마을에 들어왔다. 아카시아 꽃을

훑어먹던 소녀들이 처음 보는 광경이다. 군용트럭 말고는 자동차소리가 없던 시절, 차안에서 한 여인이 내린다. 날 종아리가 보이는 '타이트'치마를 입었다.

그녀는 '구찌뻬니くちべに'를 새빨갛게 발랐다. 그러나 입술보다 시선을 사로잡은 것은 양산을 펴는 순간이다. '양산을 쓴 여인', 그 당시 모네의 그림을 본 사람이 그 고을에는 아무도 없었다. 인터넷도 티브이도 없던 시절이니 그야말로 신세계다. 내 눈에 둥그런 양산은 화인火印처럼 찍혔다.

그날, 엄마는 아궁이 앞에서 부지깽이로 누렁이를 때리며 울었다. 아버지는 '불쌍한 여자'라고 하면서 오히려 엄마보고 잘 돌봐 주라했다. 얼마를 머물렀는지 기억에 없지만, 아마도 아카시아 꽃이 지고 밤꽃 향이 비릿한 저녁 즈음에 떠났을 것이다. 나는 엄마 몰래 어스름 달빛에서 그녀의 손을 잡아보고 싶었다. 끈 두 개가 말갛게 비치는 민 나일론 블라우스도 입고 싶었다. 그녀가 떠나고 엄마는 시름시름 앓았다. 내가 엄마 곁에 있어도 옛날이야기도 소꿉놀이도 해주지 않았다. 나는 울타리 밑에 쪼그리고 앉았거나 혼자 밭두둑을 걸었다. 저녁 무렵 굴뚝의 연기가 가늘게 겨우겨우 초가지붕위로 올라갔다. 길가에 무성한 풀꽃들도 고개를 숙였다. 오직 바랭이 풀만 줄기차게 서 있다. 나는 날마다 꽃차례가 우산살처럼 퍼진 바랭이 줄기를 뽑아 이마에 대고 걸어본다. 어둑한 하늘 아래 입으로 "똑, 똑" 구두소리도 내본다.

지금 나는 양산이 세 개다. 하나는 결혼하고 나서 시어머니께서 주신 목면 레이스 양산이다. 혼수에 양산을 넣어주면 얼굴에 그늘이 생긴다며 천 원짜리 지폐 한 장을 내게 받고서 주신 것이다. 또 하나는 시댁 큰 동서가 여름 생일인 내게 공작부인의 상징 같은 공단 양산을 줬다. 다른 하나는 문우가 "우리 나이도 이제는 자외선을 차단해야한다"며 피부보호용으로 선물해줬다. 모두 화사하다. 가끔 펴보기는 한다. 그러나 나는 한 번도 양산을 쓰고 실룩샐룩 걸어본 적이 없다. 양산을 쓰고 온 여인이 배은망덕하게 엄마의 인생에 그늘을 만들었다. 어떠한 경우도 남편의 여자는 거두어주면 안 된다. 엄마는 이판사판 단호하게 내쳤어야 했다.

어디 양산뿐인가. 나는 아무리 더워도 부채질도 안한다. 선풍기 바람도 피한다. 에어컨이 켜진 곳에서 찬바람을 쐬는 것도 달갑지 않다. 맞바람 치는 창문 열기도 꺼린다. 바람처럼 왔다가 바람처럼 사라지던 '바람 기氣' 많던 그분에 대한 저항이다.

내 낯이 잠시 편하자고 볕을 가릴 수 없다. 나는 엄마의 딸이다. 바랭이 풀꽃 양산을 몰래 썼던 철없던 시절도 내 엄마한테는 차마 못할 짓이었다.

그곳에 J가 있었다

뜬금없이 J가 부른다. 소리가 들리는 것도 아니다. 그냥 J의 이미지가 다가온다.

고모님 댁 손자가 장가가는 날이었다. 그 당시는 예식장에 원탁으로 둥글게 둘러앉아 식사하며 예식을 보는 일이 드문 때였다. 나는 그런 호텔예식을 처음 봤다. 부산서 새마을호를 타고 서둘러 갔지만 조금 늦었다. 이미 식장 안은 꽉 찼다. 친정어머니는 내 자리를 미리 잡아놓았다. 거의 앞자리다. 동생과 사촌 오촌 길음동에 같이 살던 이웃들은 신랑 신부의 성혼선언문이나 주례사의 귀한 말씀은 뒷전이고, 서로 반갑게 근황을 묻고 확인하는 데 열중하고 있다.

그런 중에도 나에게 시선이 많이 오는 건 내가 멀리서 갔기 때문이다. 자주 왕래가 없으니 친정 쪽 행사에 가면 누구든 다가 와 인사한다. 모처럼 차려입은 외출복이 불편하고 밥도 제대로 넘어가지 않는다. 그 북새통에 갑자기 꼼짝할 수 없는 상황이 벌어졌다. 누군가 내 무릎 위로 달랑 올라앉더니 두 팔로 목을 끌어안는다. 묵직한가 싶더니 숨이 탁 막힌다. 느닷없는 사태에 "어머! 누구? 이게 누구야?" 물으니 더 힘을 주며 떨어지지 않으려고 용을 쓴다. "넌, 누구니?" "누군데 아줌마한테 왔어?"

"J!"

"J? … J가 누구야?"

"J…"

나는 J가 누군지 모른다. 순간, 친정어머니가 "가!" 한마디로 단호하게 호령했다. 서너 살쯤의 여자아이가 기겁하여 뒤도 돌아보지 않고 다른 테이블로 뛰어간다. 그때, 나는 나비의 환영을 보았다. 테이블마다 핀 꽃들을 둘러보았다. 그중에 나와 눈이 똑 닮은 한 송이 꽃이 보인다. J가 뛰어간 곳에 아버지의 딸이 앉아있다.

J는 여동생의 딸이다. 나는 J의 이모였다. J는 그렇게 나에게 다가왔다. 한 번도 본 적이 없는 어린 조카, 태어났는지도 모르는 그 아이는 무슨 근거로 나에게 찾아왔을까. 본

능적인 행위이었을까. 이렇게 글로 여동생이니 이모니 하는 표현도 생전 처음 해보는 말이다. 호칭뿐만 아니라 어디서 어떻게 사는지 서로 생활을 챙기지 않는다 고모님을 통해 잘산다고 들으면 '그래, 다행이구나!' 여기고, 약혼한다. 결혼한다. 파혼한다. 이혼했다는 소식을 들으면, 이왕이면 '잘 살지, 왜?' 하는 팽팽한 마음이 터질 듯 미어진다. 그것도 줄곧 생각하는 건 아니고 밑바닥이 앙금같이 굳어진 마음을 휘저을 때 긁어낸다. 그러나 고모님이 치매로 병원에 들어가고부터는 풍문마저 끊겼다.

그해 겨울, 크리스마스 즈음 백화점에 갔다. 어린아이도 없는데 더구나 딸이라곤 키워보지도 않았는데 아동코너를 돌았다. 레이스로 장식한 하얀 블라우스와 검은색 점퍼스커트에 나비 장식이 달린 구두가 눈에 들어왔다. 보는 순간 내가 기억하는 이미지의 작은 공주가 보였다. 풍요롭고 빛이 따뜻한 인상파 화가 르누아르 그림처럼 만나고 싶었다. 카드 한 장을 써넣었지만 무슨 말을 적었는지 이모라는 말은 썼었는지 기억에 없다. 처음 J를 만나던 날처럼 꼬물꼬물한 작은 손의 따뜻한 온기, 나에게 달라붙어 안간힘을 쓰던 날갯짓이 나를 감쌌다. J는 누구를 닮았을까? 나는 그날

J의 얼굴을 보지 못했다.

J에게 크리스마스 선물을 보내는 행위는 친정엄마에게 못할 짓이다. 다 지나간 일, 용서와 관용처럼 너그러운 말을 할 수도 있다. 그렇더라도 엄마와 남동생들이 어떻게 살았는지 다 보고 자란 나는 친정엄마 살아생전 그런 말랑말랑한 감성 따위에 휘둘리면 안 된다. 누구의 잘잘못을 가리기에는 이미 시효가 지났다. 한쪽은 속이 썩어 문드러졌고, 한쪽은 세월에 하얗게 빛이 바랬는지도 모른다. 확실한 건 대소가의 큰일 앞에 서로 화합하여 한자리에 앉을 만큼 감정이 버무려지지 않은 까닭이다. 굳이 따지자면 일부일처제의 도덕적 관습 때문이다. 아직, 현재진행형의 양쪽 엄마가 생존해 계시다. 두 어머니 사이는 예로부터 돌부처도 돌아앉는다는 관계다. 그분들은 영원히 대치상태의 악연보살들이시다.

문득, 활짝 핀 꽃을 보며 나비처럼 나폴 거리며 뛰어가던 J의 뒷모습이 떠오른다. 딸은 예쁘게 키워야 하는데…, 남의 눈에 꽃이 되어야 하는데…, 꽃이 되어도 절대, 절대로 남의 치마폭 앞에 피지는 말아야 한다. 어느덧 아지랑이처럼 눈앞에 비문증이 찾아오니, 한가하게 피리를 부는 노파심이 불쑥불쑥 일어난다. 손가락이 부드러울 때 피아노는 가르쳤을까? 나처럼 O자 다리가 되지 않게 어려서부터 발레는 시켰을까? '워킹맘'이라고 남의 손에 맡겨져 어미 아비를 찾게는 하지 않았을까. 아니, 아니, 아니다. 그 무엇보다 궁금한 건, J도 외할아버지를 닮아 눈이 크고 속눈썹은 길까?

나의 플라멩코

출렁거린다. 싱어의 몸무게 중, 반은 젖가슴인 것 같다. 쇳소리를 겸한 쉰 목소리, 짙은 눈빛…. 문득 '명심옥' 마담 얼굴이 떠오른다. 아니 어쩜 정선이나 사북의 탄광지대, 운천, 춘천, 동두천, 평택, 미아리 텍사스…, 일지도 모른다. 여성을 착취하는 포주의 모습이다. 정욕을 품고 그 좌절로 증오심을 품는 살로메의 육감적이면서도 강렬한 팜므 파탈, 서늘하게 치가 떨린다.

목소리가 그악하다. "이년아, 정주치 마! 사내 녀석이 너를 위해 다시 뒤돌아 볼 것 같으냐? 제 물건의 쾌락을 위해 너를 잠시 안았을 뿐이야." 객석에서 남자가 "올레!" 추임새를 곁들인다. "아이를 갖다니!" "저런 못난 것. 고양이 소리를 냈어야지, 그러니까 네가 개x이야. 물고 잡아 뜯고 짖어

봤자, 네 가슴에 피멍밖에 더 들겠어. 그놈들은 사람이 아니
야. 짐승이라고."

여기가 어디냐? 여기는 스페인 세비야다. 나는 지금 이곳
에서 '플라멩코'를 보는 중이다. 플라멩코는 15세기 스페인
남부 안달루시아 지방에 정착한 집시들이 오랜 세월 이곳
저곳을 떠돌며, 자신들의 슬픈 처지와 사랑과 애환, 그리고
절대 고독을 음악과 춤으로 표현하는 행위예술이다. 엉뚱
한 곳에서 우리나라 말이 들리는 것 같다. "너는 고양이가
되어야 했어." 고개를 치켜들었다가 슬그머니 내리고, 앙살
떨며 "야~옹 야~옹" 교성에 교태를 부리다가 삽시간에 그
놈을 후려잡아야 했어.

미군부대에 빨래해주러 들어간 어린 여자아이들, 눈 밑
은 파랗고 손등과 넓적다리는 담뱃불에 지진 자국이 선명
하다. 밤새도록 혁대로 맞고 채찍으로 찢어진 소녀들의 등
과 허리에 포주는 약을 발라준다. 정, 정이 밥 먹여 주냐?
"니 팔자나, 내 팔자나." 장사 하루 이틀 해, 정을 왜 주느
냐? 아이는 왜 갖느냐. 그러게 말이다. 스페인의 담배공장
카르멘이 왜 칼에 찔려죽었을까. 정이란, 질기다. 누구 하나
의 목숨이 끊어져야 끝난다.

포주가 먼저 운다. 그래, 그녀는 싱어다. 꺼이꺼이 서러움을 노래하다 컥컥 울음을 토해낸다. 플라멩코 무희가 운다. 한숨, 탄식, 괴성, 관객들이 훌쩍인다. 오히려 집시 소녀가 포주에게 "엄마, 엄마, 울지 마. 내가 오늘 그 개××를 꽉 물어 잘라 버릴 거야. 내가 오늘 밤, 끝내줄 거라고. 엄마 원수까지 갚아준다니까. 그러니까 제발 내 앞에서 울지 마."

빨간 드레스의 홍학 두 마리가 플라멩코를 춘다. 양쪽 날개의 깃털은 볼륨이 풍성하다. 평화롭다. 키득거리며 맞담배 한 대씩 깊이 빤다. 잠시씩 숨이 멎은 듯, 기척도 없이 우아하다. 양귀비 꽃대에 선홍색으로 몽롱하게 취한다. 붉은 손톱 사이에서 입술로 옮겨진다. 뺨으로 귓불로 목덜미로 가슴으로 배꼽으로 불두덩으로, 쪽쪽 빨 수 있는 것은 다 빨아본다. '쪽쪽쪽쪽…', 하루가 가고 이틀이 가고 3년만 바짝 벌어 청산하겠다고 다짐하기를 30년, 빨아먹으며 뜯어먹으며, 어르고 달래고, 무용수가, 가수가, 집시가, 마담이 다 한통속이다. 뭉뚝한 구두굽이 마룻바닥을 친다. "따다닥 딱딱!" 온통 두들긴다. 속도가 숨 가쁘다. 누구 하나가 쓰러져야 멈출 것 같다.

그녀의 커다란 가슴과 엉덩이가 S자로 거센 파도다. 격정적인 율동에 입 크기만 한 이어링이 몸부림치며 마룻바닥에 떨어졌다. 남은 한 짝은 관객 발밑에 그녀의 삶처럼 내동댕이쳐졌다. 개의치 않는다. 소리소리 지른다. 애잔한 노래가 가슴을 후벼 판다. 관객들이 리듬에 맞춰 손뼉 친다. 손바닥을 치는데 엉뚱하게 가슴이 찢어질 것 같다.

역시 베테랑이다. 오늘의 플라멩코는 붉은 숄의 가녀린 허리의 집시여인이 아니라, 저 포주와 같은 뚱뚱보 늙은 여인이다. 맞다. 바로 나다. 나는 왜, 나이 듦에 주눅이 들어, 숨어들 공간만 찾고 있는가. 왜 저런 병 주고 약 주는 당당함으로 몸무게를 실어 쿵쿵 '나 여기 있다'고 발동작하지 못하는가. 순간순간 최선을 다하고 살았는데, 이제 와서 왜, 그만 둘 구실을 찾으며 움츠러드는가. 눈 꼬리가 조금 쳐지고 이빨 몇 개가 시리고, 가끔 다리가 무거운 것이 대수인가. 나는 지금 그대로 자연스럽다. 플라멩코 마담처럼 당당한 목소리로, 또 다른 세대를 아우르며 타는 만큼 타다가 꺼지면 된다. 위로하며 위로받으며 저절로 산화하는 거다.

"사랑, 사랑이 무슨 보약이냐? 사랑은 마약이야! 몸만 줬어야지. 미역국 처먹고 기운 차려. 너 일주일 일 못 하면 옷값, 팬티 값, 밥값, 화장품 값, 값, 값…, 빚이 얼마인 줄이나 알아.” 피와 땀으로 정직하게 돈만 벌었어야 했는데, 그녀들은 그러지 못했다. 단번에 끊지 못했다. 내 엄마의 삶을 빼앗아간 그녀도 남의 앞을 가로막고 싶었겠는가. 원했든 원하지 않았든, 그런 삶을 살아야만 하는 ‘숙명’을 타고난 여인들. 대물림 따위는 작두 들이대듯 잘랐어야 했다. 집시 또한 그녀 또한 그러했으리라.

“인생은 꼭 그런 것이 아니란다.” 저 스텝 소리가 들리지 않니. 그냥 음률에 맞춰 춤추면 된단다. 춤, 격정적이다. 펄쩍펄쩍 제멋대로 마구 뛰는 것 같아도 그들대로의 질서가 있다. 차분하게…, 옳지! 그렇게…, 누군가 너를 버렸더라도 너는 너의 감정에 충실하며, 손과 발 마음을 움직이며 춤을 춰야 한다. “올레, 페페!” 과거를 좇는 것은 바람을 좇는 거와 같으니, 아이고 가엾어라.

여태까지 피해자라고 억울해하던 세월이, 어쩜 가해자였을지도 모른다는 생각이 든다. 도리어 내 엄마가, 내가, 그들의 삶에 어두운 배경이었을지도 모를 일이다. 그들이 플라멩코를 집중하여 잘 추도록 “씨~” “올라!” 그러나 응원은커녕 우리는 신음의 추임새조차 안 했다. 묵언이 더 무섭다. 어쩌면 엄마는 아버지에게 ‘조강악처糟糠惡妻’였을지도 모른다. 무조건 참고 기다리면, 다 제자리로 돌아오는 줄 알았다. 서로 몹쓸 세월에 한恨만 남았다.

있는 그대로 받아들이자. 그러나 그렇게 하지 못한다. 나는 엄마의 딸인 까닭으로 아직 세비야의 여인들이 낯설다. 그것이 평생에 단 한 번 찾아오는 운명적인 사랑이라 할지라도, 투우사의 칼에 찔리는 격정적인 주검일지라도, 설령, 예술일지라도, 내 엄마 앞에 플라멩코와 같은 열정적인 사랑은 용납하지 못한다.

나도 어느새, 박자를 맞춘다. 격렬하되 절대 가볍지 않은 리듬, 거칠고 깊은 고뇌, 애절한 세고비야 기타 선율에 맞춰 "올레!" 추임새를 넣고 있다. 아니, 플라멩코를 이해하는 척 '쿵쿵, 쿵쿵 짝' 발장단까지 맞추고 있다.

남편이 나에게 묻는다.
"Shall we dance?"
선홍빛 스카프 한 장으로 플라멩코 소극장을 통째로 빌렸다. 쿵쿵, 쿵쿵 짝♫ 나는 어설픈 몸짓으로 세비야극장에서 플라멩코를 춘다. 창밖에 지나가던 관광객들이 카메라를 들이대고 사진을 찍는다. "hola~, hola!"

나는 괜찮다

귀한 과일이나 고깃국을 먹을 때, "나는 괜찮다." 안 먹어도 배부르다고 하셨다. 엄마는 안 먹어도 배부른 사람으로 알았다. 거리가 멀다는 핑계로 찾아뵙지 않아도 너희만 잘 살면 된다며 "나는 괜찮다."고 하셨다. 우리만 올망졸망 잘 살면 되는 줄 알았다.

나는 요즘, 괜찮지 않다. 일주일에 한 번 정도는 몇 그램이라도 단백질을 섭취해야 하며, 아침이면 사과 한 개, 우유 한잔을 먹어야 힘이 난다. 그리고 나는 거실 한복판에 보란 듯이 가족사진을 걸지 않겠다. 설 추석 명절에 네 엄마, 내 엄마 차 안에서 편 가르며 왔을지라도, 환하게 웃으며 나란히 현관에 들어서는 명화 한 장 내 마음의 벽에 걸었으면 좋겠다.

이런 글을 읽은 적이 있다.

'제 나라 사람 가운데 처와 첩을 한 명씩 거느리고 사는 사람이 있었습니다. 그 남편이 나가면 반드시 술과 고기를 실컷 먹고 돌아왔습니다. 아내가 누구와 함께 먹었느냐고 물으니, 남편은 부유하고 귀한 사람들과 함께 먹었다고 대답했습니다. 남편은 동쪽 성 밖의 무덤 사이에서 제사를 지내는 사람에게 음식을 구걸하고, 부족하면 또 두리번거리면서 다른 곳으로 구걸하러 갔습니다. 그것이 그가 배불리 먹는 방법이었습니다. 남자들이 부유하고 귀함, 이익과 출세를 구하는 방법을 그 처와 첩이 안다면 누구나 부끄러워서 눈물을 흘릴 것입니다.' - 맹자 이루편 중에서 -

세상 누구도 괜찮은 사람은 없다. 다들 나는 괜찮다며 아린 마음을 덮을 뿐이다.

낙엽들이 말하다

아이의 홈피에 낙엽들이 가득한 사진이 올라왔다. 사귀던 여자 친구와 헤어져 한동안 시무룩해 있었다. 쪽지 글에 '떨어지면 끝나는 생인 줄 알았는데, 서로 포개어져 몸을 맞대고 뒹굴뒹굴 좋단다.'라고 적혀있다. 해피엔딩이다. 한참을 들여다보니 나뭇잎들이 각자 자기 이야기를 하는 것처럼 보인다.

나 단풍공주. 온몸이 다 정열적이지요. 지나가는 사람들도 "빛깔 곱네, 곱네!" 칭찬은 고래도 춤추게 한다는데 오죽했을까요. 더 한껏 무게를 잡았지요. 내가 좀 예쁘기는 하거든요. 봄부터 명주실처럼 보드라운 햇살만 받고 자랐어요. 리본 달린 블라우스와 레이스 치마를 입고 플루트를 불거나 발레를 했거든요. 옆에 있는 고만고만한 도토리나무 잎이나 때죽나무 잎들이 추운지 더운지 고픈지 부른지 안부 물을 생각 같은 건 한 적이 없어요. 그래도 가끔 이쪽 바람이 더 좋으니 너도 이쪽으로 와봐. 나처럼 사랑받고 살 수 있을걸. 소곤소곤 바람결에 속삭임인들 왜 없었겠어요. 그러나 가까이하기엔 너무 먼 친구들이었어요. 사실 어젯밤엔 바람이 불어 추웠거든요. 그렇지만, 어쩌겠어요. 각자 제자리에 매달려 있었으니 다가갈 수가 있어야지요.

어쩌면 이렇게 떨어진 게 차라리 잘된 일인지도 몰라요. 이제나저제나 조마조마했었는데, 불안감에서 해방되었으니까요. 그래도 아쉬움은 남는군요. 지난 태풍에도 잘 견뎠어요. 좀 더 튼실하게 체력단련 했더라면 사나흘 더 버틸 수도 있었는데, 방심이 추풍낙엽으로 만들었어요. 그래도 좋아요. 만지면서 소통하고 안아주면서 치유한다더니, 손잡고 팔짱 끼고 이렇게 서로 볼 비벼댈 수 있으니요.

"시몽 너는 좋으냐. 낙엽 밟는 소리가?" 좋긴요. 봄부터 힘겹게 매달려 있다가 떨어진 김에 잠시 쉬려는데, 정말 맹세코 이제는 잘난 척 뽐내지 않고, 그냥 편안하게 어울려 지내다 몸 가벼워지면 바람 부는 대로 낙엽 따라 가려고 했었는데, 그렇게 짓밟고 지나가면 밟히는 낙엽 아프지요.

"날좀보소 날좀보소~ ♬" 전화벨 소리 한번 요란하군요. 방금 섬광같이 스치는 생각을 말하려고 했는데, 말만 하려고 하면 선홍빛 옻나무의 전화벨이 울려요. 저 아이는 새잎 움틀 때부터 나서기를 좋아해요. 봄에는 미루나무 서 있는 땅 사러 간다고 수채화 물감으로 안개비 뿌리더니, 여름엔 지가 뭐 유화 물감이라나 뭐라나, 그래서 반짝반짝 윤기 나는 새 고층아파트 들먹이고, 가을바람 부니 빨강 노랑 합쳐 놓은 주황색 크레파스로 따뜻한 상가분양을 받는다고 설쳐요. 사람들은 가뭄 탓이라고 하지만 벚나무 잎이 단풍도 들기 전에 떨어진 것은 아무래도 저 뽐내는 옻나무 때문인 것 같아요. 늘 고운 빛으로 유혹하지만, 친구 따라 강남 갔다가는 낭패 보기 십상이지요.

난 노란색 골드 신사, 은행잎입니다. 고요한 산사보다 600년 전통의 명륜당明倫堂 뜰보다 자동차 다니는 찻길이 더 좋아요. 차를 타고 가는 사람들이 나를 보면 말을 걸거든요. 내가 또 좀 스마트하잖아요. 외모면 외모, 빛깔이면 빛깔. 시멘트 길을 온통 샛노랗게 덮지요. 가을이라는 조직에서 밀려나지 않으려고 늘 길바닥에 딱 달라붙어 세상의 일에 귀 기울인답니다.

나요, 할 말 많지요. 왕년에 누구와 골프 쳤는지 아세요. 은행장들도 나만 보면 귀빈실로 모셨지요. 잘 나갈 때는 선비 나무라 추켜세우더니 그놈의 IMP, 구조조정, 명퇴, 오륙도, 사오정, 삼팔선 이태백 … 신종언어들 때문에 은행나무 침대에서 굴러 떨어졌어요. 떨어진 것도 억울한데 밤이면 은행털이범들이 몽둥이를 들고 마구 때려요. 그래 봐야 구린내 때문에 한 됫박도 줍지 못할 거면서, 더구나 은행 알독은 독하거든요. 온몸을 발가벗기고 얼마나 가려운지. 주렁주렁 직불카드 마이너스카드 대출카드 중독성이 강해요. 그 독에 한번 감염되면 신용불량자가 되어 어렵사리 찜질방 신세도 못 져요.

뭐라고요. 너무 잔소리가 길다고요. 이젠 말도 하지 말라네요. 언제는 또 마이크 갖다 주며 한 말씀 해 달라고 가슴에 꽃까지 달아주더니, 세상인심 참으로 박절하지요. 내가 아무리 도로 위에서 잠을 청하기로서니, 아예 깡통계좌 들고 다니는 노숙자로 여겨요. 나도 한때는 꿈 많은 소녀의 책갈피에서만 단잠을 자던 시절도 있었는데…. 그래요 그만할게요. 사실 노숙의 시간도 길지 않아요. 날이 밝으면 젖은 낙엽도 쓸어버리고 말 테니. 달리는 차 소리 때문에 잘 들리지도 않아요. 그렇지 않아도 이명으로 머리가 아픈데, "빵빵~" 제발 경적 좀 울리지 말라니까요. 은행 빚 갚으라는 줄 알고 깜짝 놀랐잖아요.

나, 갈참나무 잎. 나는 망개 잎, 우리는 홀가분한 싱글 족입니다. 세상의 선남선녀들에게 천연방부제 역할로 한몫하거든요. 김장독 밑에 깔아 놓으면 김치가 시어 혀가 꼬부라지는 일은 없어요. 팥소를 넣은 떡도 망개잎 한 장 덮으면 순결을 지킬 수 있거든요. 듣고 있던 냉장고 한 말씀하시네요. 쟤들은 시대의 흐름도 모르나봐. 요즘 다이어트 보톡스 성형… 자연산이 어디 있다고 사계절 같은 맛을 낼 수 있는 것은 김치냉장고뿐이라는 걸 모르는군. 하긴 배추 값도 폭등하여 '금치'라는데, 이제 김장도 서민 음식에서 공중 부양한 것 아닌가요?

취옹醉翁선생이 추성부秋聲賦에서 '가을은 형벌을 맡은 형관刑官'이라고 읊었다지요. 초목같이 감정이 없는 것도 가을이 되면 낙엽 되어 우수수 떨어지는데, 하물며 사람입니다. 누가 오라 하였기에 벌써 내 몸에 가을기운이 스며들었단 말인가요.

나요? 반세기의 희로애락을 숙성시켜 진한 감성이 말랑

말랑 농익은 홍시빛깔의 감잎 여인이랍니다. 아~ 정말, 익은 감이 터질 것 같아요. 어떻게 견디어 온 세월인데요. 이제야 사는 맛을 조금은 알 수 있을 것 같은데…, 나 이렇게 속절없이 떨어지고 싶지 않아요. 스산한 바람에 낙엽 되어 나그네의 발길에 채일 수는 없다고요.

저는 지금 바느질을 하고 있어요. 허리선이 잘록한 갈색 원피스에 붉은 감잎을 '단디' 단단하게 붙이고 있어요. 매화꽃 다시 피어날 봄날의 희망을 '매매' 매달고 있어요.

거기 누구 없어요? 몇 주만 더 저를 바라봐 줄 사람 없나요.

삼만 원

제한시간 10분의 글쓰기 수업이다. 순발력을 발휘하는 시간, 꾸며 쓸 수 없는 진솔한 시간이다. 그중 한 분이 "그만!" 그만이라고 몇 번이나 말해도 몰입지경이다.

청명 한식날 고향에 계신 어머니 생신에 사형제가 모이기로 했다고 한다. 그는 공무원 시절 어느 분야에서건 1위를 하던 인재였다. 얼마 전 퇴직했다. 고향 길을 여행 삼아 둘러보는 것도 좋을 것 같아 시외버스를 타고 갔다. 형제들과 만나 어머님을 뵙고 나오는 데, 형의 행색이 추레해보였던지 그의 아우가 시외버스터미널까지 태워주겠다고 나섰다. 아우가 중고차시장에 들러 그 자리에서 형에게 1천9백만 원을 주고 차를 한 대 사줬다는 내용의 글이었다.

무슨 곡절이 있는지는 모른다. 단지, 환갑 나이의 동생이

형을 위하여 차 한 대를 즉석에서 사주는 행위가 통쾌하다. 각 집의 경제권을 쥔 아내가 있는데 자매도 아닌 남자형제들끼리 주고받을 수 있다는 것이 울컥, 뭉클하다.

나에게도 동생이 있다. 요즘 남동생은 휴직 중이다. 딱 한 달만 쉬면 다시 복직할 줄 알았는데, 벌써 반년 넘게 쉬고 있다. 처음에야 날마다 늘어지게 자보는 그야말로 휴가였을 것이다. 늦잠 자고 친구 만나고 견지낚시도 하면서 심신을 이완시켰을 것이다. 그러나 매달 정해진 날짜에 나오던 월급이 끊겼으니 오죽할까.

"잘 지내?" 짧은 문자메시지를 보내면 "잘 지내지!" 번개같이 바로 문자가 날아온다. 정말 잘나가던 시절에는 몇 날 며칠이 지나도 누이의 문자를 씹었다. 미국이니 홍콩이니 두바이니 국외출장의 핑계를 댔었다. 어쩌다 연결이 되어도 '회의 중' 한마디면 동생의 눈치를 살폈었다.

정작, 저는 괜찮다고 하는데 오히려 내가 한 갈 한 달 숨통이 조여 온다. 백만 원을 부쳐줄까. 한집안의 가장인데 너무 작은 액수인가. 천만 원을 보내면 어떨까. 자존심이 상할까. 쿨하게 "갚지 않아도 돼" 말하며 일억이면 어떨까. 그러나 억 단위는 솔직하게 내 수중에 없다. 더구나 대가代

價성이 되기 십상이다. 애가 타는 내 심정은 날마다 만리장성을 쌓고 굴뚝청소를 한다.

나의 생활이라는 것이 앵두나무 우물가다. 꽃들의 크기가 고만고만하게 피니 열매인들 클 리 없다. 월급 타서 그달그달 겨우겨우 살아가니 조금 무리하게 지출되면 그 여파가 삼 개월, 아니 육 개월은 메워가야 한다.

시집 쪽이야 대접할 일이 있으면 빚을 내어 무리하더라도 남편에게 대한 도리가 있다. 격을 지켜야 하는 친지들과 만나면 카드를 그어 밥도 차도 잘도 산다. 그런데 나에게 친정은 언제나 우선순위에서 밀린다. 중고자동차나 일억 원은 어디 갔던지, 여태까지 내 형제 내 엄마에게 일인 당 삼만 원이 넘는 음식대접을 한 적이 없다.

삼만 원, 삼만 원이면 무엇을 할 수 있을까. 오래 전, 공공도서관의 검색 창을 열면 이취임 기간에 난 화분 안 주고 안 받기가 떴었다. 공직자들의 뇌물규정은 삼만 원이다. 난 화분의 가격이 보통 오만 원 선이니, 향기로운 꽃도 뇌물이란다.

난은 한 촉 한 촉 서로 엉기지 않고 기상과 절개가 속되지 않아, 격조 있는 선물이다. 빈대 잡으려다 초가삼간 다 태운다더니 화훼농가들이 울상이라는 기사를 읽은 적이 있다. 이렇듯 삼만 원이라는 금액은 난 화분 하나도 제대로 살 수 없는 금액이다.

어느 날, 인터넷 사이트에 동생이 가족과 함께 남도 여행 중이라는 글이 올라왔다. 나의 남편이 부산 와서 바람이나 쏘이다 가라고 전화한다. 그날도 각자 차를 타고 음식점위치를 가르쳐주며 오리고기 집으로 가던 중이었다. 불포화 지방이라 하며 살도 찌지 않고 양념이나 훈제로 마음대로 골라 주문할 수도 있고…, 어쩌고저쩌고 좋다는 것을 다 끌어다 붙여도 사실은 음식 값이 가장 만만하기 때문에 선택한 곳이다.

그렇더라도 여기는 부산이다. 바다가 있는 부산으로 시집온 지 30년이 지났어도 회 한 접시를 대접한 적이 없다. 누나하고 매형은 오리고기에게 "필을 받았나 보다."라고 생각했었단다. 누이 마음 크기가 오리조막손이다. 오그라들어 보폭 넓게 십리를 못 가니 늘 오리밖에 안 된다.

나는 큰마음 먹고 바닷가 '방파제' 횟집으로 방향을 바꿨다. 추운 날이었는데 동생의 얼굴은 금세 훈풍이다. 이제 막 중학교에 입학하는 아들에게 고모부에게 술 따르는 주

법을 가르치며 음식이 나올 때마다 한 컷 한 컷 사진까지 찍는다. 턱수염 까칠까칠 하던 소년이 어느새 머리숱은 휑하고 뱃살이 두둑한 중년이 되어 내 앞에 앉아있다. 형제간에 삼만 원은 '김영란법'의 공직자 뇌물도 아니건만, 나는 그 무엇이 무서워 삼만 원짜리 밥 한 그릇을 제대로 못 사며 살아왔을까.

동생은 서울 꿈의 동산 '드림타운'에 산다. 아내와 아이를 뉴질랜드로 어학연수를 보낼 정도의 능력도 된다. 다음 달이라도 스카우트되어 연봉체결 제의를 받을 만큼 실력 있는 건축가다. 제아무리 잘나가는 내 동생이라고 구차하게 너스레를 놓아도 누이 마음이라는 것이 그렇다. 어린 날, 아버지 부재중에 서로 울타리 삼아 의지해 온 남매다. 나에게 동생은 친정집 대들보다. 동생마음이 허하면 누이마음은 한파다.

그날, 따뜻한 매운탕까지 마무리 한 밥값은 그래도 법망에 걸리지 않는 금액이었다.

돈의 무게

누군가 현수교 위에서 뿌렸다. 돈을 꽃잎처럼 가볍게 날렸다. 돈은 벌거벗은 맨몸으로 시퍼런 바다를 배경 삼아 적나라하게 춤췄다. 불꽃놀이로 유명한 광안대교는 4차선 도로로 속도제한을 하는 곳이다. 뉴스로 보니 다리 위가 온통 주차장인 듯, 차와 차 사이로 사람들이 북새통이다. 한 장이라도 더 주우려는 행동이 CCTV로 다 찍혔다. 1달러짜리 지폐 24장이었다고 한다. 나도 만약 그 자리에 있었다면 차에서 내렸을까.

어느 날 도서관 계단에서 어느 분이 수줍게 인사한다. 반가워하는 눈빛을 보니 안면이 있는 사이일 텐데…. 나는 전혀 기억이 나지 않는다. 그녀는 내 수업에 참석한 적이 있었다고 한다. 교재 대를 내니, "선비는 손으로 돈을 잡지 않는다.”라며 책을 내밀어 위에 올려놓으라고 말했다는 것이다. “아~! 제가 그렇게 겸손하지 못했었군요.”라며 지금 돈 줘 보세요. 냉큼 잘 받는다고 우스갯소리를 했다. 나는 그 민망한 순간을 피하려고 언제나 봉투 하나를 미리 준비하여 알아서 넣어달라고 부탁한다. 어찌하였든 별난 사람이 되었을 터, 그 모습이 잊혀 지지 않는다는 것이다.

어려서부터 돈을 만질 기회가 없었다. 나만 그런 것이 아니라 우리 어렸을 때는 설날이나 추석, 입학이나 졸업, 생일날에 아이들 손에 돈을 직접 쥐어주지 않았었다. 어린 아이들에게 돈은 가당치 않았다. 아직 세상 물정모르는 아이들에게 돈은 점잖지 못한 물건이라고 여겼던 것이다.

직장에 들어가 처음으로 월급봉투를 받았다. 우리 세대는 자신이 한 달 내내 힘들게 일하고도 월급봉투를 내 손으로 열지 않고 엄마께 갖다 드렸다. 요즘 우리 아이들이라면 그 상황을 상상이나 할까. 당장 “왜?” 빚졌느냐고 물을 것이다.

귀한 돈의 옷은 봉투다. 아담과 이브가 나뭇잎으로 중요 부위를 가리듯, 부끄러움을 가리는 염치다. 혼례나 수연, 고희 잔치에 맨 돈만 봉투에 넣지 않았었다. 그건 속적삼과

속곳을 갖춰 입지 않고 치마저고리를 입은 규방 아씨의 품행과 같다. 축원을 담은 문구에 연월일시와 주는 사람의 이름을 손수 붓으로 써서, 속지로 돈을 감싸 넣어야 한다. 사람만 인격이 있는 것은 아니다. 개도 견犬격이 있듯, 돈도 격을 갖춰야 숭고하다. 돈에 대한 예의다.

언제부터인지 축원을 담는 속지가 슬그머니 없어졌다. 은근하게 펼쳐보는 운치가 사라졌다. 세종대왕 다섯 장의 부피면 좀 괜찮을 텐데… 아무래도 신사임당 여사가 주범인 것 같다. 한 장만 넣으면서 속지를 넣으면 실속 없는 사람으로 비칠 염려일까. 아니면 온라인으로 축의금이 오고 가는 세상이라 통장에 찍힌 액수가 더 중요해서일까.

어느 분이 집의 아이 혼사에 실용적인 제안을 했다. 참석할 수 없으니 대놓고 은행 계좌 번호를 불러달란다. 꼭 축하금을 전하고 싶으면 진작부터 집도 아는데, 미리 와서 전해도 되고, 또는 서로 아는 지인을 통해 전달해도 될 것이다. 차마 듣기도 민망하여 귓가에 흘려버렸다. 상대방이나 나나 융통성이 없기는 바늘구멍이다. 예전에 축의는 든 봉투의 촌지로 하지 않았다. 잔치에 국수 한 다발이나 초상에 죽을 쑤어 동이에 담았다. 형편이 좀 낫다고 하여 동이에 죽을 꾹꾹 눌러 담거나 수북하게 올려 담을 수가 없다. 축의祝儀는 저울에 단다는 말은 과례過禮를 삼가는 상대방에 대한 배려였을 것이다.

내가 처음 돈을 본 것은 분실초등학교 시절이다. 여름방학이 임박한 어느 날, 이팝꽃 한 가장이 밀짚모자에 꽂은 청년이 자전거를 타고 운동장 한 바퀴를 돌면서 "아이스케키~~~"라고 외쳤다. 창밖을 내다보시던 선생님이 "아이스케키!"하고 큰 소리로 부르셨다. 그리고 셔츠 주머니에서 지폐 한 장을 꺼내시는 게 아닌가. 그때 처음 봤다. 먹는 것을 돈 주고 사는 모습을. 뚫어진 세숫대야, 구멍 난 고무신, 과수원 철조망 끊은 것으로 엿을 바꿔먹는 것을 먼발치에서 본 적은 있으나, 진짜 돈이라니. 막대기에 얼음을 꽂은 아이스케이키도 처음 보았다. 그때 아이스케이키 맛이 시원했었는지, 달콤했었는지, 정말 먹기나 했었는지는 기억이 까마득하다. 오로지 내가 본 것은 문화적 충격이다. 돈을 어떻게 써야 하는지 돈의 가치를 본 것이다.

지난해 아버지 산소에 갔다. 고향 선산밑에 작은어머니가 계신다. 오랜만에 만난 조카딸에게 밥도 차려주고 고구마와 참기름, 늙은 호박까지 넝쿨째 바리바리 차에 실어주신다. 나는 차에 오르면서 슬며시 작은어머니 허리춤에 초록색봉투 하나를 챙겨 넣었다. 작은어머니는 "얘는, 같이 늙어가면서…." 한사코 도로 내 손에 쥐어주고, 나는 나대로 "작은어머니께 용돈 한 번 제대로 드린 적이 없다."며 다시 찔러 넣고 봉투를 들고 옥신각신했다. 사촌 동생이 쳐다보고 있으니 많이 넣지도 못한 봉투가 더 무겁다. 작은어머니도 나도 있는 힘껏 봉투를 떠밀었다. 서로 감당할 수 없는 정情의 무게다. 무거운 돌을 옮기듯 겨우 전해드리고 쌩하니 페달을 밟았다.

그리고 고속도로 이천 휴게소에서 가방을 열다가, 나는 소스라치게 놀랐다. 황급하게 전화했다.

"작은어머니, 죄송해요"

어찌, 이런 일이! 돈 봉투가 내 가방 안에 그대로 들어있다. 몇 장 더 챙겨 넣는다고 빼고 넣는 과정에서 봉투가 바뀌었다. 그리하여 작은어머니께는 빈 봉투를 드린 것이다. 세상에서 가장 무거운 돈은 정만 담은 빈 봉투다.

동지섣달 꽃 본 듯이

진달래와 벚꽃이 속도위반에 걸렸다고 한다. '사람 유죄'
로 판결이 나왔다.

그해 겨울 하얀 눈이 펑펑 내리던 날, 선산으로 꽃상여가
올라갔다. 작은아버지가 돌아가셨다. 평생 잘 살다 가신 분
이기에 상두꾼 소리도 상여를 맨 장정들도 뒤따르는 상제
의 행렬도 푸근하다. 산 위에 가마솥을 걸어놓고 뱃속이 뜨
끈뜨끈한 국밥 한 그릇씩을 축제처럼 떠들썩하게 먹고 있
었다.

"창희, 어딨어?" "창희, 어딨어?" "창희가 왔다고 하는
데………"

이런 민망함이라니, 내 나이 어느덧 중년인데… 어느 남
정네가 맨 이름만 달랑 부르는가. 목소리의 주인공은 열댓

살에도 무병 바지 한쪽이 흘러내려 금방이라도 벗겨질 것만 같았었다. 늘 지게에 작대기를 들고 있었는데, 그는 아직도 막대기를 짚고 있다. 헤벌린 입안에 성한 이 몇 개가 보인다. 두 귀 쫑긋 세우고 허공을 바라보며 두리번거린다. 집안 아주머니들이 빙글빙글 웃으며 "창희 아가씨 찾는데요."라며 놀린다.

나는 그의 곁에 다가가 "여있어요. 제가 창희에요." 동산이 *대부大父가 나의 손을 잡더니 얼굴을 더듬는다. '대부'라는 말은 먼 일가로 의지할 곳은 없으면서 항렬이 높으면 대접하여 부르는 호칭이다. 나에게 동산이 대부는 할아버지 벌이다.

"공자 왈~, 맹자 왈~" 하얀 수염만 쓰다듬던 할아버지, 외지에 나가 딴살림을 차린 아버지, 청년 시절에도 몸이 쇠약했던 작은아버지, 어느 한 사람도 여느 집처럼 참나무를 베어다 장작을 팰 장정이 없었으니, 아궁이 꼴이나 집안 꼴이나 꼴 베는 아이 꼴이나 궁색하기는 북서풍에 내치는 연기 같았다. 먹는 것 또한 시원치 않았으니 식구들마저 마른 삭정이 꼴이다.

그나마 촐랑대고 들락거리는 사람은 집성촌 동네에 여남

은 살의 대부들이었다. 그 작은 아이들이 해오는 나무 짐이 오죽했을까. 산 어귀 잡목이나 주워서 지고 내려오니 허술하기 이를 데 없다. 그때 동산이 대부는 어린 나에게 쌀알만 한 진달래꽃봉오리가 달린 나뭇가지를 건네주고는 했었다. 딴에는 '애기씨'에게 주는 선물이다. 아기 진달래 나뭇가지를 칠성사이다 빈 병에 꽂아 뒤주 위에 올려놓고 봄이 오기를 기다렸다. 어린 마음에도 그 시간은 동토의 땅에 유배된 듯했다.

나의 고향 포천 고모리는 춘삼월이라도 봄이 멀었다. 초가지붕만 볼록볼록 8리나 된다는 '초가 팔리'를 지나서 더 산골짝으로 들어가야 했으니, 동짓달부터 내린 눈은 사방을 가둬놓았다. 큰댁 솟을대문에 붙은 '입춘 방'이 누렇게 변해도, 집 떠난 대주들이 첩실을 끼고 과수원 길로 들어서지 않았으니, 그야말로 고립무원이다. 겨우내 고요하다. 누렁이가 꼬리 치며 반길 사람도, 사납게 짖으며 쫓아낼 사람도 없었다.

그때, 나는 무척이나 꽃이 그리웠다. 할머니가 바가지에 옥수수를 튀긴 강냉이를 주시면, 나는 강냉이 깍지를 떼어내고 마른 진달래 가지에 하나하나 꽂았다. 쌀뒤주 안에 쌀은 없어도 강냉이 꽃은 피었다. 우리 집 앞을 지나는 집안 아주머니들이 사립문 사이로 들여다보며 "아유~, 셋째 댁에는 벌써 꽃이 피었네!" 환호하면, 고드름 치기 놀이를 하던 동산이 대부와 마주 보며 웃었다. 그 강냉이 꽃도 며칠 지나면 개구쟁이 동생이 홀라당 다 빼 먹는다. 그럼 나는 또 강냉이를 꽂는다. "대한大寒이 소한小寒네 집에 놀러 왔다가 얼어 죽었다."는 소문만 무성하다.

동지섣달 긴긴 밤, 할아버지는 사랑방에서 낮에 읽던 경서經書를 덮어두고 '숙영낭자전'을 소리 내 읽으셨다. 할아버지도 봄을 기다리시는지 화롯가에서 촛농으로 꽃을 만드셨다. '아무리 궁해도 향기를 팔지 않는다.'는 매화꽃을 피우는 솜씨는 할아버지와 손녀딸이 닮았다. 마루에 서너 차례 강냉이 꽃이 피고 지면, 마른 가지에서 명주처럼 얇은 진짜 진달래가 힘없이 핀다. 그 꽃빛깔은 양지바른 산에서 피는 진분홍빛과는 사뭇 다르다. 어려서 몸이 으해 다섯 살에 겨우 걸었다는 셋째 할아버지 댁 손녀딸 빛깔이다. 가느다란 꽃대에서 하얀 냉이 꽃처럼 엉성하게 핀다.

산과 들에 종달새 울면, 냇가에 버들강아지 송사리 모두 동면에서 깨어난다. "이랴! 이랴!" 쟁기질 가래질하는 일꾼들, 소치는 아이들 모두 손발이 바쁘다. 엄마들은 산나물, 언니들은 보리밭 고랑에 달래 냉이 꽃다지 나물 캐러나간다. 나는 볕 바른 툇마루에 앉아 꽃을 기다린다.

하루해가 점점 길어지면, 쪼그리고 앉아 나무꼬챙이로 다식판 문양의 꽃을 그린다. 아직 글을 모르니 만날 하고 노는 짓이다. 멀리서 제 키만 한 지게 위에 연분홍빛 진달래가 벙싯벙싯 먼저 웃는다. 나는 까치발로 뛰어 진달래꽃만 쏙 빼들고 화동처럼 사뿐사뿐 앞서 걸었다.

그 후, 우리 집은 초등학교 5학년 교과서를 싸들고 서울로 이사했다. 그날, 작은아버지가 가시는 장지에서 동산이 대부가 예니 곱살 꼬맹이 창희를 만난 것이다. 이산가족이 따로 없다. '동지섣달 꽃 본 듯이' 눈을 활짝 뜨고 봐야 하는데…, 정작 볼 수가 없다. 동산이 대부는 당뇨합병증으로 시력을 잃었다고 한다. 이제 고향 마을에는 일가친척보다 선산에 누워계신 조상의 묘가 더 많다. 무덤가에 진달래 생강나무 조팝꽃이 꽃 대궐을 이뤄 사시사철 문중을 지키고 있다.

산간지방에 난데없이 폭설이 내렸다는 소식에 친정엄마에게 동산이 대부의 안부를 물었다. 지난겨울, 동짓달에 선산으로 올라갔다고 한다. 서둘러 핀, 꽃 사태에 공연스레 나는 시름시름 꽃 멀미, 꽃 몸살을 앓고 있다. 봄꽃은 무죄다.

* 할아버지와 항렬行列이 같은, 유복지친有服之親 이외의 남자친척

2박3일, 달콤하고 떫은맛

남편은 2박3일 출장을 간다며 애석해한다.

'2박3일' 듣는 순간, 퐁퐁퐁 와인 따르는 소리가 들렸다. 얼마나 기다리던 시간이었던가. 표정관리 할 틈도 없이 "아유, 고맙습니다.' 얼른 감사인사가 튀어나왔다.

홀로 2박3일, 달콤하지 않은가. 몽환적인 분위기를 즐길 만한 시간이다. 하얀색 원피스를 입으면 좋을 것이다. 부드럽고 헐렁한 면 소재라도 좋고 속살이 훤히 비치는 레이스 실루엣이라면 더 좋겠다. 클림트의 '세레나 레데러의 초상화'가 되어 스스로 관음증환자가 된들 어떤가.

남자들은 왜 자신이 집을 비우면 안 된다고 생각하는지… 중세시대 『르네상스 풍속사』에서 그들은 긴 시간 집을 비울 때, 아내에게 정조대를 채웠다. 여자들은 대문에 기대어 남편을 배웅한다. 야릇한 표정 뒤에 감춰진 손으로 뒷문을 열어 정인情人을 맞아들인다. 정인은 물론 복제된 정조대의 열쇠쯤은 가지고 있다. 그들은 처음부터 정조대 따위는 만들지 말았어야 했다.

2박3일, 2박3일은 사랑을 완성하기에는 모자라는 시간이다. '매디슨 카운티의 다리'에서 여주인공 프란체스카는 사랑을 따라나서지 못했다. 여성의 욕망을 누르고, 어머니 프란체스카로 남는다. 2박 3일은 자신의 사랑만으로 승화시키기에는 부족한 시간이다. 여자는 아내인 동시에 어머니다. 어미가 되면 남편보다 애인보다 소중한 테두리가 있다. 그래서인가. 남편에 대한 사랑은 자식을 낳음과 동시에 끝이라는 박정한 말도 있다.

몇 년 전, 어느 기관에서 공부할 때 이야기다.

"선배, 나 다음 주에 스터디 못 나와요"

"왜?"

"여행 떠나거든요"

"좋겠다, 누구랑?"

남편과 같이 간다는 말에 선배는 아주 놀란 표정으로 "괜찮아?" 되묻는다.

괜찮으냐구? 한 술 더 떠, "어쩌다 그렇게 되었느냐?"며 위로까지 한다. 나는 '부럽다.'고 할 줄 알았다.

어느 분은 원도 없이 여행을 하며 산다. 남편에게는 항상 퇴직하면 당신과 함께 유럽여행을 가고 싶다고 말했단다. "세월이 이렇게 빨리 올 줄 몰랐어요."라며 다음 달이 바로 D-day라며 울상이다. 어디 좋은 곳에 가서 문득 떠오르는 사람, 같이 아침이슬을 보고 싶은 사람이 있단다. 느닷없이 제주도 올레길에서 내가 생각 나더라며 나에게 달콤한 덫을 놓는다. 그들 부부 사이에 끼어서 완충지대 역할을 해달라는 말씀이다. 이렇듯 여자들은 나이가 들면 남편을 밀어내고 싶어 한다.

출장 간다는 말에 "고맙다."고 바로 나온 말에 "다른 사람이라면 몰라도, 당신이 어찌 그런 식으로 말을 할 수가 있느냐"며 아주 서운해 한다.

'왜?' 왜, 나는 그러면 안 되는가. 나도 때론 다른 사람이고 싶다. "논어를 하는 사람이…" 논어는 공자와 공자 제자들의 어록이다. 나를 너무 성인군자로 격상시키고 있다. 여태까지 날마다 아내의 머리카락에 비녀를 꽂아주었으면 되었지, 옷고름까지 묶어 놓으려고 한다. 나는 이미 노장족老

莊族의 맛을 꿈꾼 지 오래다.

이쯤 되면 '막 가자'는 시추에이션? 아니다. 절대 아니다. 내가 여태까지 지극히 도덕적으로 쌓아온 세월이 있는데…. 그저 아궁이에 불 지피지 않고 대문 여닫지 않는 시간이 필요하다. 제멋에 겨워 '낭만을 위하여!' 자신에게 건배하고 싶다.

'나의 남편 그대여! 와인 잔이 깨질 것을 두려워하지 마세요. 누가 더 치켜들고 누가 더 겸손하게 내렸는지 잔의 높이에 신경 쓰지 마세요. 당신과 나는 술 때문에 마주 앉은 것이 아니고, 크리스털 유리잔이 예뻐 마주앉은 것도 아니랍니다. 안주가 치즈인가 초콜릿인가 고소함과 달콤함에 마음을 빼앗기지 마세요. 제 눈빛을 놓칠 수가 있어요. 눈빛은 아직 온도가 따뜻하답니다. 당신께서 늘 우리의 만남은 운명이라 하셨던가요? 남흥우 주례선생님이 걷은 더리 파뿌리 되도록 백년해로하라고 했습니다. 나는 잠시, 나만의 로맨스 '2박3일'이 모자랄 뿐입니다.'

2박3일, 2박3일은 내게 퐁퐁퐁 소리가 나는 와인 맛이다.

품질이 좋은 와인일수록 단맛보다 떫은맛이 강하다고 한
다. 요즘 남편 앞에 나의 심기는 점점 떫어진다. 아무래도
나는 질(?) 좋은 아내가 틀림없다.

제 3 부

불꽃,
지르다

U턴

TV를 보다 서로 목소리가 커졌다. 우리 부부하고는 아무 상관도 없는 일인데, 그런 날이 있다. 밴댕이 속인지 꼭 껴안아 달래 줘도 뒤돌아 눕는다. 처음에는 아파트공원으로 나가 바람이나 쐬려고 했다. 혹시 아는 이웃과 마주치면 구구절절 설명이 귀찮아 골목 쪽으로 나가니 샛바람이 차다.

급히 나오느라 지갑마저 챙겨오지 못해 핸드폰에 매달린 교통카드만 달랑거린다. 순환 버스를 타고 맨 뒷자리에 숨어들어 길가의 풍경과 타고 내리는 사람들의 표정을 보면서 나를 다독일 수도 있다. 그러나 오늘은 자신이 없다. 허름한 트레이닝복이 마음에 걸린다. 운전기사가 뒷거울로 흘끔거리며 '저 여자 집 나왔구나!' 눈치 챌 것만 같아, 동네

어귀만 어정거리다 돌아왔다.

　누가 물에 빠져 죽으려고 했더니 감기 들까 못 뛰어내렸다 하더니 내가 바로 그 꼴이다. 남편은 항상 나에게 말한다. 하고 싶은 대로 하고, 가고 싶은 데로 가라며 마음씨 좋은 척 말로 베푼다. 그러나 목적 없이 낯선 곳에 혼자 하루를 내 멋대로 가본 적이 없다.

　날이 밝기를 기다렸다. 어디든 가고 싶다. 며칠 전에 주문해놓은 한복을 찾아오는 길, 하필 찾은 곳이 UN묘지다. 정갈하게 다듬어진 묘역 안에 나에게 사열을 하듯 떨어져 있는 동백꽃들. 그 중 탐스런 한 송이를 주워들고 류관순의 후예처럼 흰 무명저고리와 회색치마를 입은 채 병사들의 영혼이 누워있는 곳곳을 배회했다.

　한 묘비명 앞에 멈추어 섰다.

　「LIENUTENANT J.MOIR December 25. 1952. AGE 27」

　스물일곱 청춘의 나이, 하필 크리스마스 날 낯선 이국땅에서 전사를 하다니. 그날 흰 눈이라도 펑펑 내렸다면 온 산야가 그를 위해 애도를 했으리라. 어쩌면 핏빛 선연한 한 송이 꽃으로 다시 피었을라나. 묘비 앞에 눈물처럼 떨어진다는 한 송이 동백꽃을 헌화하는데 괜히 콧날이 시큰했다.

바로 앞에 보란 듯이 핀 하얀 목련 한그루가 어젯밤 내 남편처럼 당당하게 나를 바라본다. 자목련 수줍은 듯 그 옆에서 내숭을 떠는 꼴이라니. 잠시 화사하게 피었다가 단박에 지고 말 목련꽃 같은 이 내 청춘을…. 자주 빛으로 휘감은 꽃의 자태가 어젯밤 내 모습과 닮았다고 생각하니, 그예 주책없이 눈물이 쏟아진다. 손수건을 꺼내 눈자위를 지그시 눌렀다.

거리를 두고 내가 머무는 곳 마다 머뭇머뭇 뒤따르던 한 여인이 있다. 동병상련일까. 그녀는 멀찌감치 서서 한참을 물끄러미 바라보더니, 천천히 다가와 내 옆에 선다.

"아지매여~ 상복喪服이 참 곱소. 남편 묘에 참배하러 왔능교?"

'이런, 오랏줄에 묶어놓을 여편네'

내가 생때같은 내 남편을 두고, 어찌 시공을 넘어 UN군과 결혼을 했었을까.

등단소식을 전하자 남편은 기다리고 있었건 듯, 장르를 바꾸라고 말한다. '해양' 쪽으로 나가란다. 그러나 내가 바다에 대해 무엇을 안다고 해양 운운하겠는가. 본래부터 광활함에 주눅이 들어 바다는 고사하고 하늘도 제대로 바라보지 못한다.

항구도시에서 태어난 그는 대범하다. 자잘한 일상보다는 큰 대의를 먼저 본다. 그는 사는데 별로 걱정거리가 없다. 시간이 지나면, 자고 일어나면 해결될 것이라며 우선 코부터 고는 태평형이다. 망망대해에 그림자 없이 쏟아지는 햇볕의 강렬함이 어울리는 사람이다. 그는 먼 바다를 나가려고 늘 돛대를 세운다.

산촌 태생인 나는 햇살 받아 아지랑이 피어오르는 흙이

좋다. 산 그림자가 빗겨갈 때 작은 동산에 핀 진달래와 산수유 꽃은 등불 켜 놓은 듯 따뜻해 보인다. 툇마루에 공책만 한 석양도 아까워 빛을 쫓아 몸을 옮긴다. 울타리 밑에 쪼그리고 앉아 흙장난하면서도 잠시 지나가는 조각보 같은 해를 그리워한다.

그와 나는 다르다. 그는 의기투합한 이들과 파도를 가르며 항해하듯 살기를 바라고, 나는 한적한 오솔길로 산책하듯 조붓하게 살기를 바란다. 한집에서 살고 한방에서 잠을 자지만, 추구하는 삶도 만나는 사람도 여가를 즐기는 장소도 방법도 다 다르다.

부부는 살아가면서 서로 닮아간다고 하던가. 얼굴도 성격도 취향까지도. 한솥밥이 주는 힘이다. 그래서인지 해로하는 부부들을 보면 오순도순 꼭 오누이같이 편안해 보인다. 살면서 같은 일을 두고 영역 다툼이 없으니 일심동체가 되는 게 아닐까. 나도 '그대가 옆에 있어도 그립다'는 문구처럼 남편과 비슷하게 맞추고 싶다.

각자 다른 취미로 살다 뒤늦게 같이 난蘭을 치는 고상한 사람이 있는가 하면 활동적인 사람들은 등산이나 스포츠댄스를 같이한다. 그런 이들이 좋아 보이는지 남편은 가끔 같이 바다에 나가 배를 타자고 말한다. 그는 오래전부터 동호인 요트클럽에서 배를 탄다. 햇빛을 둘러댔더니 선글라스를 사오고 추워서 못 탄다고 하면 방한복을 사온다. 그 즈음에는 정서情緒의 차이를 들먹였다.

산촌은 춘하추동이 분명하다. 봄이면 어김없이 버드나무에 물오르고 산과 들에는 꽃이 핀다. 일부러 힘쓰지 않아도 계절의 변화에 순응하며 살아진다. 나는 낙엽이 지는 가을이 오면, 산골짝의 다람쥐처럼 도토리 점심을 싸 가지고 양지바른 곳으로 소풍이나 즐길 요량이다.

바다는 모른다. 늘 같은 수평선에 같은 물빛처럼 보인다. 한참 쳐다보고 있으면 물속 깊이 빠져들 것 같기도 하고, 넓고 넓은 바닷가에 클레멘타인Clementine ♬처럼 무로한 삶을 참지 못하고 집을 나갈 것만 같아 겁이 난다. 남편은 말한다. 바다도 사계가 분명하다고. 바람을 느끼지 못하기 때문이라며 바다에 나가 거센 바람을 맞으며 파도를 갈라봐야 역동적인 계절이 보인다고 한다.

아무리 달콤하게 꼬드겨도 바다는 낯설다. 더구나 글 벗중에 원양선을 타는 남편을 둔 문우가 있다. 그녀가 남편을 등장인물로 이미 해양 쪽은 꽉 잡고 있다고 말해줬더니, 그

친구에게 먼 바다의 '원양遠洋문학'은 맡기란다.

남편은 나를 바다로 유인하기 위해 여러 가지 방법을 찾는다. 새해 해맞이를 하러 첫새벽에 오륙도를 향해 뱃머리를 돌리기도 하고, 스릴을 만끽하라며 큰바람 앞에 배를 사선으로 기울게도 한다.

어느 날 오후, 선상독서회를 하라며 바다에 배를 띄웠다. 선들선들한 바람, 산 하나를 다 가릴 것 같은 다홍 빛 석양에 반사되는 대마도 쪽의 구름 빛깔, 어둠을 맞이하는 광안대교의 네온사인, 해운대 마린시티의 불빛…. 너울너울 파도에 의지해 물살을 가르는 기분이 제법 마음 까지 넘실댔다. 아마 바다의 풍광보다는 벗들에게 취했을 것이다.

남편이 작은 돛단배라도 소유할 수 있을 때, 나는 그의 곁에서 표표히 나부끼는 돛의 펄럭임을 즐겨보리라. 파도의 물거품처럼 바다빛깔을 닮은 언어들로 원고지를 메울 수 있지 않을까. 우리 부부가 무엇인가를 위해 바쁘게 뛰어다니지 않아도 집안이 잘 돌아가는 그때쯤이라면, 내 기꺼이 달빛어리는 바닷물을 툭툭 치며 운치를 누릴 것이라는 말미를 두었다.

"바로 그거야! 달빛바다로 나가는 배는 그때 가서 타고,

우선 밤 배[腹]를 같이 타자는 말이지. 우린 선상문학(?)
쪽으로 장르를 바꾸자고."

　그로부터 강산이 두 번이나 바뀌었다. 아직도 나의 남편
은 내 주위를 맴돌며 지극정성으로 노래한다. 그대는 내 사
랑, 배 위의 사랑 타령을.

나도야, 선수

　막 요트계류장으로 들어서려는데, 위험 막대기를 든 관리원이 '관계자 외 출입금지'라며 막는다. 아마 여자인 내가 선수같이 보이지 않았던 모양이다. 나의 남편, 순간 유머가 발동했다. "우리 어젯밤에 관계하고 왔는데요." 졸지에 관계자가 되어 통과했다.

　요트 경기는 일자―字 또는 삼각 코스다. 마치 어린아이들이 동네 한 바퀴를 누가, 누가 빨리 돌아오나 하는 내기와 같다. 프로 선수들은 보통 일주일 정도 시합을 하는데, 동호인대회는 하루나 이틀 정도로 짧다.

　여수 엑스포컵 국제크루저 요트대회(YEOSU EXPO CUP INTERNATIONAL YACHT RACE) 우리 부산 수영만 팀의 배이름은 'BIBARE비바리'다. 비바리는 '아름다운 아가씨'

라는 뜻이다. 내가 타서 배이름이 갑자기 비비리로 바뀐 것은 아니고, 태풍이름에 여성이름을 붙여 순하게 지나기를 바라는 것과 같다. 거센 파도를 잠재울 비바리 선수들의 유니폼은 바다빛깔과 잘 어울리는 노란색이다. 출항 준비로 바쁜 중에도 취재진들의 카메라가 다가오면 센스 있게 자동으로 손을 들어 환영해준다.

우리 팀 선수 여덟 명은 각자 위치에서 역할분담을 하고 '경기 수역'으로 나갔다. 맑은 하늘 아래 바람에 펄럭이는 세일sail 소리가 바다에 가득하다. 유일한 여자, 내 위치는 오른쪽 뒷부분 안전석이다. 여차! 기울면 번개처럼 재빠르게 왼쪽으로 옮겨가 무게 중심을 잡는 발란스맨balance man이다. 돌산 앞바다에 서른두 척의 각양각색 배들이 속속 모여들기 시작했다. 멀리 경기 운영 정에서 스타트 깃발이 올라갔다. 경기 시작!

푸른 물살을 가르며 출발! 마음속에서 둥둥 북을 치니 파도가 덩달아 넘실댄다. "*태킹tacking준비!" "태킹!" 바람을 거슬러 방향을 바꿔야 하는 순간이다. 배는 크게 방향이 바뀌며 반대편으로 엎어질듯 사선으로 기운다. 이때 줄을 붙잡은 사람만 빼고 파도가 삽시간에 배 위의 둘건들을 싹

쓸어 가기도 한다. 의욕만 앞서다가는 넘어오는 *붐boom대에 맞아 곧바로 바다로 튕겨나갈 수도 있다.

팽팽한 줄들이 얼마만큼 빠른 속도로 풀리고 감기느냐에 따라 배의 속력이 달라진다. 자칫 줄이 다리나 팔목에 얽히고설켰다가는 목숨 줄도 엮어가니 쏜살같이 움직이는 줄에 혼을 빼앗겨서는 안 된다. 쾌속으로 스쳐 지나가는 배들의 움직임도 살펴야 한다. 시선을 너무 멀리 두었다가 위급하게 소리쳐봤자 파도가 선수들의 목소리를 꿀꺽 삼킨다.

"따따따 딱!" 찰나라는 것이 이런 것일까. 이미 초록색 뱃머리가 비바리의 옆구리를 들이받았다. 간혹 있을 수 있는 접촉사고다. 순간, 우리 일행은 내가 앉은 위치를 바라봤다. 나는 숨이 멎는 그 상황 속에서 사고현장을 카메라에 담고 있었다. 천지분간을 모르는 나에게 엄지손가락을 치켜들고 모두 안심하는 사인들을 보내왔다.

"와봐, 와봐! 가까이 와봐!" 우리가 권리정이다. 너희가 진로를 방해했다. 너희 잘못을 인정하지? 소리소리 질러봤자 어깨 으쓱대며 "노~프라 범No problem" "노~프라 범" 러시아 선수들이다. 경기 중에 바다에서 싸우는 일은 해적들이나 하는 짓거리다. 경기가 다 끝나고 육상본부에 가서 정식으로 항의서를 제출해야만 한다. 분발하는 분위기는 이렇게 후다닥 긴박한 순간에 돛대높이만큼 상승한다. 수평의 바다가 수직으로 치솟는 묘미다. 바다는 한없이 넓은 것 같아도 좁은 경기 수역 안에서 바람의 방향에 따라 뱃길은 순식간에 바뀐다. 그 길을 잘 찾는 것이 선수들의 기술이다.

바람이 잦아들어 한산한 시간, 보도카메라들이 사진 찍기에 좋은 풍경이다. 그림 좋다고 마음까지 한가로운가. 요트는 순전히 바람으로만 가야 하니, 무작정 바람을 기다리면서 떠 있을 수밖에 도리가 없다. 멀리서 바라보면 유유자적 백조처럼 우아하지만, 선수들의 눈 귀 입 손발과 정신은 금방 잡힌 물고기들처럼 파닥인다. 출전한 선수들의 기氣 싸움은 형형색색 돛의 빛깔 속에 다 있다. 인생이 그렇듯 방심하기 쉬운 한가함을 잘 다스려야 한다. 자연 앞에 순응하는 것은 바람이 닥쳐올 때보다 대책 없이 바람이 숨죽어 있을 때가 아니던가. 정중동靜中動이다. 만나는 배마다 서로 손을 흔들며 매너 좋게 "우승하세요." 덕담을 건네지만, 어림없는 소리. 우리보다 먼저 들어가면 "알지?" 하는 엄포의 사격이다. 총 쏘는 것처럼 승부의 세계는 냉철하다.

돌산 샛바람이 앙칼지다. 속도감이 칼날처럼 무섭다. 경

기의 순간만큼은 돛이나 나부끼는 뱃놀이가 아니다. 바람
이 좋으면 하루에도 몇 차례의 레이스를 펼치기도 한다. 두
번째 레이스에서 "스타트는 1등을 했는데…" 아쉬운 탄식
의 소리가 들린다. 어찌 인생의 항로에 순풍만 있겠는가.

풍상으로 부표를 향하여 거슬러 올라가는 바닷길, 힘만
으로는 과격하다. 비바리여사의 부드러움이 합해져야 유연
하게 돌아 나올 수 있다. 드디어 우리 배도 마지막 부표에
도착했다. "피니쉬!" 돛을 내렸다. "짝짝, 짝짝짝!" 오늘 경
기 끝! 마치 "큐!" 사인에 맞춰 다이내믹 단편영화 한 편
찍은 기분이다.

뱃바닥에 밧줄들의 움직임도 멈췄다. 바람속도에 따라
풀고 감던 밧줄은 우리의 정신 줄이었다. 어쩌면 뱃머리의
방향을 정하는 스키퍼skipper보다 구석구석에서 자신의 역
할에 충실했던 쿠루crew들의 움직임이 배를 움직이는 원동
력이었을 지도 모른다. 한바탕 폭풍이 지나간 듯 평화가 봄
햇살처럼 나른하다.

서당 개 삼 년이면 풍월을 읊는다더니, 바다를 좋아하는
남편의 아내로서 아예 선수로 뛰었다. 삼면이 바다인 우리
나라, 땅은 작고 바다는 넓고, 조선 산업 상위 국가답게 우

리 가족은 해양스포츠 선진국을 꿈꾼다.

레이스를 하는 동안, 내내 신바람이 불었다. 경기가 끝나고 회식자리, 경기 수역 안내도를 보며 순간순간의 위험했던 코스들을 짚어보는데, 뒤늦게 어지럽게 회오리바람이 분다. 하룻강아지 범 무서운 줄 모른다더니 나는 위험 속에서 혼자 연방 'V'자를 그었다.

'비바리 종합성적, 21등.' 등수가 무슨 상관이랴. 오직 바다를 사랑하는 열정, 열정 하나만으로 바다에 기친 뱃사람들이다. 우리는 한배를 탔었다. 동호인이란 한배에서 함께 나눈 고락에 박수를 보낼 뿐이다. 비바리 우리 팀, 파이팅!

순풍에 돛단 듯이.

* 태킹tacking : 돛을 좌현에서 우현, 또는 그 반대로 이등하여 바람이
　불어오는 쪽으로 범선을 돌리는 일.
* 붐boom : 돛대에 연결된 돛을 펼치는 긴 수평대.

불꽃, 지르다

'사랑의 시작은 고백입니다.' 불꽃축제의 로고다.

2005년 부산 해운대 누리마루 APEC 정상회담 경축행사로 시작한 광안리 바다 「불꽃축제」는 매년 10월에 열린다. 불꽃뿐만 아니라 불꽃토크, 불꽃아카데미 '멀티미디어 해상 쇼' 레이저 소 등 테마에 맞춰 음악과 함께 스토리가 있다. 해마다 100만 명 이상의 관람객이 곳곳에서 온다. 지난해에는 '_'자형에서 'U'자형으로 확대하여 이기대, 해운대, 동백섬일대에서 동시다발로 불꽃을 쏴 올렸다. 그래서 중요한 건, 나는 누구에게 사랑을 고백했을까?

"산 너머 남촌에는 누가 살 길래♬"를 그리워하던 소녀는 밤하늘의 별빛을 바라보며 더 넓은 은하수銀河水를 꿈꿨다. 그런데 남쪽에서 유학 온 남학생이 축구공을 발로 차면 바다로 떨어진다며 바다를 보여주겠다고 꼬드겼다. 천상의 선남선녀 ‘남남북녀’의 만남이다. 나는 사랑의 깊은 바다에 풍덩 빠졌다. 내 인생의 발화점이다. 물과 불의 만남, 냉정과 열정의 환상적인 궁합 아닌가. ‘나, 부산에 산다.’ 라고 말하는 순간, 사람들의 눈빛이 금세 아침바다처럼 윤슬윤슬 빛난다.

불꽃이 제아무리 아름답다한들 어디 사람만 하겠는가. 순간의 빛이다. 그 순간은 내 마음의 부싯돌 같다. 잉걸불처럼 원 없이 활활 다 태우며 살 수 있으면 좋으련만, 나는 무엇이 그리도 두려운지 켜질까 봐, 혹은 꺼질까봐 전전긍긍 늘 몸을 사린다. 때가 되면 저절로 세월은 사위어 가는 것이련만, 밤낮 망설이다 달뜨고 해진다. 앞길이 캄캄할 때 불빛을 기다리는 것처럼, 언젠가 내 인생에도 불꽃 한 번 질러야지…, 해마다 불꽃축제를 기다리는 이유다.

광안리 앞바다가 ‘광란’의 도가니가 되는 날, 현장의 불꽃은 극치다. 스페인의 발렌시아지역의 ‘파야스 불꽃 축제’를 본 적이 있다. 그 지역은 불꽃축제로 인하여 혁신적인 도시로 도약했다. 우리나라 부산 바닷가도 스페인 못지않은 또는 이태리 베네치아 못지않은 첨단이 공존한다. 오륙도에서 이기대까지, 이기대에서 해운대로 해안선을 따라 걷는 갈맷 길이 그렇다. 우아한 요트와 파도모양으로 건축된 마린시티 고층빌딩들. 계절을 막론하고 수영, 서핑, 요트대회, 수상스키, 크루즈 등의 레저 활동과 영화의 거리, 미술관, 박물관 무엇보다 실내외가 예쁜 카페와 맛 집이 활어처럼 역동적이다.

나는 이곳에서 '일상을 여행처럼' 바다를 통째로 누리며 살고 있다. 나의 짝지는 34년 공직생활을 마감하고, 다시 바다로 돌아왔다. '파도야, 어쩌란 말이냐! 파도야,' 나 어쩌란 말이냐? 임은 물 같이 까딱 않는데, 어쩌란 말이냐? 그는 요즘 나이도 잊은 채 심하게 출렁인다. 누구를 위하여 종을 울리려는지 파도를 맞이할 돛대, '노후의 깃발'을 곧추 세웠다. 풀꽃처럼 여린 소녀였던 그녀는 이제 더는 그 사나이의 거센 바람을 막지 못한다. 우리부부는 그동안 바다에서 서핑 사진을 찍는 포토그래퍼Photographer를 생산했고, 석양을 바라보며 귀가하는 요트선수를 생산했다. '바다와 하늘'의 만남으로 맺어진 커플에게서 손자 '바하'도 태어났다.

인생은 불꽃처럼 아름답다. 그러나 골짜기 없는 산이 어디 있고, 바람 없는 바다가 어디 있을까. 때론 태풍도 해일도 굴곡지게 많이 겪었다. 혼자 혹은 둘이 타는 쪽배에서 차가운 바닷바람과 사투를 벌이며 세일링sailing 하다가 캡사이즈Capsize 되는 날도 많았고, '그리고 나는 바다로 갔다'를 찍느라 깊은 물속에서 카메라 셔터를 누르다가 손가락이 밧줄에 걸려 빠지고, 페달을 밟느라 발목의 복사뼈는 철로 바꿔 끼웠다. 아이들이 하는 일은 '적벽부'를 읊는 소동파의 노랫가락이 아니다. 목란나무 상앗대로 달빛을 가르는 낭만적인 뱃놀이와는 다르다. 깊은 바닷물에 몸을 담가야만 록錄이 얻어지는 생업이다.

불꽃같은 열정과 거센 물결이 없다면 도저히 해낼 수 없는 일들이다. 오로지 고요하게 지켜야 하는 것은 내 마음뿐, 어미의 역할은 파고波高의 높이를 조율하여 순풍으로 삶을 연주해야 한다. 파도는 사계절의 출렁임이요, 불꽃은 순간의 섬광이다. 그 활화산 같은 에너지 분출을 위하여 나는 늘 두 손을 모은다. 나에게 불꽃축제는 간절한 기도다. 고요한 어둠이 배경이 되어야 그들이 제 빛깔을 뿜어낼 수 있다.

내가 읽는 논어에 이런 문구가 있다. "도가 이루어지지 않으니, 뗏목을 타고 바다로 떠날까 보다. 나와 함께 떠날

자는 아마도 자로밖에 없을 것이다.” 공자의 제자 중에 자로는 지나치게 용감하여 사려 깊지 못하다. 그런데 요즘 자로의 그 단순한 마력에 빠져있다. 어떠한 어려운 상황에서도 한결같이 ‘내 편’이 되어주는 사람, 나는 가족에게 자로 같은 사람이 되고 싶다.

원초적인 물과 불은 본래부터 숙명이런가. 나는 오랫동안 몸으로 먹고사는 막무가내 같은 무모함을 경시했었다. 부박한 가벼움이다. 달빛을 배경삼아 장독에 정화수 한 사발 올리듯, 마린시티 카페에 발붙이고 앉아 카푸치노 한잔에 연필 춤을 추어야겠다. 이참에 나도 노인과 바다를 주제로 헤밍웨이 후예를 꿈꿔본다.

우리 집 남자들은 바다를 사랑한다. 팡, 팡, 팡파르fanfare 내지르는 불꽃을 바라보며 나는 매번 고백한다. “무조건, 사랑합니다.” 그렇다. 나는 바다를 배경으로 일하는 사람들을 불꽃으로 응원한다. 현재는 연료가 아니라 불꽃이라 했던가.

인생은 한바탕 축제다.

내사, 내 마음대로 한다카이

"새댁, 안 그런교?"

그곳에 가면 며느리를 본 나도 단박에 새댁이 된다. 단골 미장원이다. 바닥에는 잘라놓은 머리카락이 수북하고 늘 손님 너덧 명이 기다리고 있다. 주로 남자 고등학생들과 평균나이가 칠십은 넘었을 여인들이다.

분위기로 봐서는 어느 외진 동네 경로당 같지만, 내가 사는 도시에서는 제법 이름 있는 아파트상가다. 두 집 건너 한집은 미장원이라는 말이 있다. 같은 건물 안에 미장원들은 종업원이 몇 명씩 있다. 그러나 그곳에는 빤들빤들 차돌멩이 같은 키 작은 남자원장이 혼자 북 치고 장구 치고 가위손이 춤춘다. 한 명이라도 손님을 놓치지 않으려고 서너 명을 동시에 가운을 입혀놓고 나가지 못하도록 머리에 물부터 뿌려놓는다. 잡지책을 갖다 주며 조금씩 돌봐주는 척하지만, 그는 결코 친절하지 않다. 자기 마음에 들지 않는 손님에게는 서슴없이 훈계한다. 나이 많은 손님들을 어린아이 다루듯, 끼리끼리 경쟁시키는 영업전술이다.

내가 그곳에 간다고 하면 어떤 이는 나를 이상하게 여긴다. 미장원 원장이 잘생긴 것도 그렇다고 기술이 좋은 것도 아니면서 손님 앞에서 너무 잘난 척한다며 진저리치는 사람도 있다. 나는 웨이브 없이 볼륨만 주는 롤 스트레이트파마 손님이다. 가격도 다른 곳의 절반 수준으로 착하다. 별꾸밈이 없는 내 머리정도는 수더분하게 잘한다. 나는 화장기 없는 얼굴에 간편한 면 소재 원피스를 걸쳐 입고도, 원장의 교묘한 말 수단 앞에서 전혀 주눅 들지 않는다. 그랬더니 어느 날부터 슬그머니 나에게 ‘선생님’이라고 부른다.

그날도 아침나절이라 망구望九의 할머니들이 세 명이나 앉아있다. 맥이라고는 하나도 없는 짧은 커트 머리의 여인은 머리무게도 감당 못하는지 자꾸 고개가 고꾸라진다. 눈빛을 볼 수 없다. 일부러 시선을 피하는 것 같다. 아니나 다를까. “고개를 바짝 들고 힘을 내라.”며 원장이 호통 친다. 다 들으라는 듯이 고개도 못 가누는 이유를 설명한다.

그녀의 남편은 교수였다고 한다. 따님만 낳은 아내를 공주어머니인 왕비로 대접했다. 교환교수로 외국생활을 많이 해서 나라마다 어울리는 황실 여인처럼 모자가 우아했다. 아침마다 남편이 접시에 담아주는 갓 구운 빵, 손수 내려주는 커피를 마시며 세레나데를 들으며 살았다. 남편 손을 거쳐 생활하던 여인이 몇 년 전, 남편과 사별하고 삶의 의욕을 잃었다. 오늘은 일하는 아주머니의 지시로 머릿손질 하러 왔다. 똑똑하게 잘 키운 따님들은 외국에서 의사와 외교관이 되었으니 한국에 돌아와 어머니를 위로할 수 없는 처지다. 전에는 그렇게, 그렇게 귀부인이었다는데… 고운 자태라고는 보이지 않는다. 숨 쉬는 것도 귀찮아하는 표정의 노파가 거울 속에 맥없이 앉아있을 뿐이다.

그 이야기를 꾹 다문 입으로 지켜보는 한일자 여인이 있다. 그녀는 웃는 방법 따위는 오래전에 잊어버린 듯하다. 곁말이라고는 털끝 하나 들어갈 틈이 없는 방정한 모습이다. 거울 속으로 나를 바라보며 턱 끝으로 시늉한다. 아마 '저 새댁처럼 단발을 해 달라'는 모양이다. 곁에서 잡지를 뒤적이던 아주머니가 "엄마는 머리숱이 적어서 안 어울린다."라며 단발하듯 말을 싹둑 자른다. 그 따님은 환갑은 지났을 것 같다. 큰 키에 이목구비가 뚜렷하다. 반백의 긴 생머리를 질끈 동여매고 한쪽 다리를 꼬고 앉은 모습에 예사 목소리가 아니다 아마 유명한 오페라단의 단장이었거나 아니면 어느 이름 있는 살롱의 마담이었을 것이다. 거리에서 흔히 볼 수 없는 포스다. 할머니 앞에서 따님이 멋있다고 하면 노여워할 것 같아 "어르신, 젊으셨을 때는 최은희나 김지미보다 더 예뻤을 것 같아요." 나는 너스레를 떨었다. 순식간에 직선 일이 빙그레 풀어진다.

그렇단다. 한가락 하셨단다. 외모뿐만 아니라 큰손으로 세상을 진두지휘 하던 그분은 만석꾼 남편을 호령하고, 아들을 떠받들고 딸들은 종처럼 부리며 사셨단다. 얼마 전, 전 재산을 외아들에게 다 넘겨주니 아들 내외가 미국으로 이민 갔다고 한다. 그 당당한 마나님은 비행기 한 대를 전세 내 갈 만큼 호기로운 모습으로 미국에 갔다 와서부터 말문을 닫았다고 한다. 그러면서도 단 한 사람, 며느리에게서 국제전화가 오면 사근사근 교양 있게 말씀하신다며 며느리 앞에서의 태도가 오로지 그분이 살아오신 자존심이라고 했다. 미국에서 무슨 일이 있었는지 절대 함구하느라 입 모양이 한일자로 변했다고 한다.

가만히 이야기를 듣고 있던 호기심 천국의 동글동글한 아주머니, 그녀는 길 건너 시장동네에서 원정 온 손님이다.

"하이고! 우찌, 그리 서방들을 잘 만났겠노."

"…?"

"내사, 서방인지 남방인지 평생 뜬구름 잡으러 돌아댕기는 놈 쫓아 안다녔소. 삼 년이 멀다카고 이년 저년 갈아치우는데 악만 남더락카이."

아이들 데리고 사느라고 물질에 장사에 생선 배따며 억척스레 안 해 본 일이 없었다고 한다. 그래도 몇 년에 한 번씩 남편이 자기를 찾아 와 통사정을 하는 맛에 살맛이 났었다며 자랑을 끊어진 고무줄 묶듯 늘어놓는다.

"첩이, 첩 꼴을 못 보데요. 두 년이 서로 안 떨어질라꼬 쌈지랄들을 하면, 남편이 두 년을 한꺼번에 떼버리게 하는 데는 내 악다구니가 '직빵'이라카이"

마치 연극대사를 외우는 것처럼 신바람이 났다.

"지금은 내 밥 먹으며 내가 시키는 대로 하고 안 사요. 내 한마디면 서방이고 자식이고 꼼짝 몬해. 내가 지들을 우째 키웠는데…"

목소리에서 자만심이 확확 뿜어 나온다.

돌돌 말아놓았던 머리카락을 풀고 손발이 자유로워진 아주머니, 내게 믹스커피까지 한잔 타다주며 담합談合요청을 한다.

"새댁, 인생 그리 살면 뭔 소용 있능교? 서방 잘 만나면 뭔 보람이 있노! 내사, 내 마음대로 한다카이."

몽돌 같은 동그리 아주머니, 곱슬곱슬 파마도 활기차게 잘 나왔다.

나도 목에 힘을 주며 또박또박 토박이말로 말했다.

"원장님, 제 뒤통수에 구불구불 구루뿌 몇 개만 단디 감아주이소."

소용 있게 살고 싶다. 이 한 세상, 나도 보람차게 살고 싶다.

미끼

여행프로그램이다. 얼마 전, 소설가 김훈이 '風輪풍륜'이라고 쓴 깃발을 꽂고 자전거로 프랑스 파리 시내를 달리고 있었다. 자전거는 혼자 타는 것이다. 그의 옆에 자전거를 타고 뒤따르는 여성이 있다. 그 여성은 도발적으로 보인다. 만화영화 속의 악독한 캐릭터처럼 가죽 재킷에 굽실한 긴 머리카락이 헝클어져 휘날렸다. 눈 주위를 검게 칠한 스모키화장, 반 장갑 사이로 보이는 긴 손톱, 자전거 손잡이와 카메라 셔터를 누르는 손가락에서 색정이 엿보이는 사진작가다.

두 사람의 시선, 몸짓, 대화에 끌려든다. 물론 일부러 감독에 의해 연출되었으리라 짐작하면서도 '철컥' 내 마음에 철벽을 쳤다. 방송은 바로 그 긴장감을 노렸을 것이다. 그

정도의 나이, 그 정도의 교양, 그 정도의 체력, 그 정도의 언어소통, 그 정도의 경제력이 보편적이진 않다. 그러나 수신료를 내는 사람들이라면 그 정도의 로맨스는 꿈꿀 수 있잖은가. 방송은 지금 시청률을 겨냥하는 중이다.

그 후, 다시 박범신의 터키문명 기행을 TV로 보고 있었다. 남편이 옆에서 등장인물에 관심을 보인다. 물론 그의 옆에도 동행하는 또 다른 여성이 있다. 커다란 카메라를 손에 들고 사막으로 초원으로 혹은 인파 속에서 속살거리는 모습이 실루엣처럼 따라다닌다. 그런데 예상을 깼다. 이 여성은 시청자들이 방심하기에 딱 알맞다. 화장기가 전혀 없이 해맑은 얼굴이다. 여학생 같은 단발머리에 흰색 면 티셔츠, 짧은 대님팬츠가 신선하다. 나의 남편이 무심결에 툭 던지는 한마디 "쟤는 박범신 딸이지?" "무슨?" 말투 걸음걸이 손짓 등이 모두 자연스럽다며 장면 장면을 줄줄 꿰어 설명한다.

나는 의아해하며 "아니, 컨셉일 거야."라고 했다. 다 끝나고 프로그램에 참여한 이름들이 자막으로 올라가는데, 내레이션 '박범신' 포토그래퍼 '박○○'이라고 나온다. 나의 남편은 '거봐!' 하는 듯이 나를 바라본다. 졌다. 내가 또 진도를 너무 빨리 뺐구나. 순수에 덧칠한 것 같아 오히려 무안했다. 나는 바로 인터넷검색을 했다. 박범신, 박○○을 치니, 테마기행이 줄줄이 뜬다. 그중 "박범신 박○○ 부녀지간 맞나요?"라는 물음에 "아닙니다."라는 답변이 보인다.

누군들 아담과 이브처럼 태초의 역사를 쓰고 싶지 않겠는가. 딸과 같은 소녀와 원초적인 풍경이 되고 싶은 건, 아마 조물주도 꿈꾸는 로망일 것이다. 그곳 낙원에서는 나뭇잎 한 장이나 사과 한 개도 거추장스러울 것이리라.

그렇다면 그와 반대의 상황이 벌어졌다고 가정해보자. 어미 같은 여자와 아들 같은 소년은 어떠할까. "뭣이라!" 뭐 그리 발끈할 것까지야. 어디까지나 상황설정을 해보자는 말이다. 마음을 누그러뜨리고 그리스로마신화로 떠나보자. 어떤 나라에 공주가 셋 있었다. 막내가 어찌나 아름다웠던지 사람들은 아프로디테(미와 사랑의 여신)에게 제사지내는 것도 잊고 막내인 프시케에게만 홀려 있었다. 화가 난 여신은 아들 에로스에게 부탁했다. 프시케에게 사랑의 화살을 한 대 쏘아 사랑에 빠지게 하되, 아주 추악한 인간을 사랑하게 해 달라고 했다. 에로스는 어머니가 당부한 대로 프시케에게 쏠 사랑의 화살을 준비했다. 그러나 운명의 여신은 가혹하다. 에로스는 그만 자신의 화살촉에 찔리게 된다. 바로 그 순간, 에로스는 프시케의 아름다움에 넋이 나가고 말았다. 금기는 깨라고 있는 것일까. 먹지 말라는 선악과는 몰래 따먹어야 제 맛이 난다. 궁금증을 이길 수 없었던 프시케는 어느 날 밤중에 등불을 켜고 신랑의 모습을 훔쳐보았다. 신랑은 괴물이 아니라 금빛 고수머리가 양털같이 보드랍고 이목구비는 눈처럼 흰 미소년이었다.

남성들만 그런가. 여성들도 에로스를 꿈꾼다. 어느 날, 우리나라 알만한 중견 여배우가 17세 연하와의 스캔들로 떠들썩했다. 남성들의 눈빛은 "저래도 되는 거야" 비난의 화살을 쏘고, 나는 손으로 입을 가리며 흥미진진하게 지켜봤다. 기자들이 앞 다투어 마이크를 들이밀며 심경을 물었다. 그녀는 활짝 웃으며 "여배우가 이 나이에 그런 스캔들로 인터넷 검색 1위라면, 여배우로서 괜찮은 것 아니냐?"며 나머지는 법정에서 밝히겠다고 했다. 그녀의 당당함에 나는 '야~ 멋있다.' 생각하며 큐피드의 화살을 파바박 팍! 발사했다. 당시 그녀에게는 법적인 남편도 없다. 그런데 세상 사람들이 돌을 던진다. 누가 하면 로맨스고 누가 하면 불륜, '내로남불'이다. 남편도 지금 순수한 소녀와의 낭만을 꿈꾸다가 나에게 '딱! 걸렸다.' 그렇다면 방법은 있다. 내가 신화 속의 소녀가 되자.

그동안 나는 많은 것을 놓치고 살았다. '비와 바람과 태양이 빚어낸 것'은 터키의 유적지만이 아니다. 신화는 신화일 뿐, 신전의 돌멩이는 돌멩이일 뿐이다. 내가 다시 사람으로 태어난다는 보장도 없다. 더구나 다시 여자를 꿈꾸다니 부질없다. 인생은 단 한 번뿐인 실전이다. 어느 노장 여배우는 TV에 나와 15분이 아까운 여생이라고 말한다. 나는 아직 하루가 아까운 나이다. 이 소중한 일상을 날마다 습관적인 부부로 살 수는 없다. 이쯤에서 하루하루 로맨틱하게 동행하고 싶다. 나는 남편에게 어떤 미끼를 던질까.

……

"어이, 흰머리 소녀! 정신 차리시게." 로맨스를 꿈꾸는 흰머리 소년의 어깨에 불똥이나 떨어뜨리지 말지어다.

'미끼'라는 제목을 '객기'로 풀고 있다.

몽마르트르를 탐하다

마을버스 운전사가 뛰어내렸다. "야! 이 새끼야 죽을래?" 우리 차를 가로막고 남편이 앉아있는 운전석 쪽으로 대뜸 달려든다.

'군자대로행君子大路行'이라는 말이 있다. 군자는 전쟁에도 좁은 길이나 지름길을 택하지 않는다고 했다. 남편은 조금 전에도 노선버스들이 다니는 멀쩡한 대로를 놔두고 갑자기 좁은 뒷길로 들어왔다. 뒤에서 다급하게 "빵빵" 소리가 들렸었다.

자주 있는 일이다. 조금 멀리 나갈라치면 언제나 차가 출발하기 전 첫째, 좁은 골목길로 안 들어가기. 둘째, 찻길에서 시비 안 붙기. 셋째, 과속하지 않기 등등 선서를 시킨다. 나오기 전, 잠시 방심했었다.

그는 오늘도 도로에서 죽일래, 살릴래, 생사生死의 갈림길
에 서 있다. 한낱 인간이 우주의 대자연을 무슨 수로 거역한
단 말인가. 불 때던 부지깽이를 거꾸로 꽂아놓아도 새싹이
나온다는 4월 아닌가. 무엇을 죽이고 무엇을 살릴 것인가.
마을버스 안의 사람들이 구경삼아 내다본다. 그중 어느 영
감님은 우리 차에 대고 "뭘 잘했다고 큰소리야!" 호통 친다.
남편이 흥분하여 운전사에게 차고지가 어디냐고 묻는 걸
봐서는 아무래도 종점에서 한판 붙을 모양이다. 나는 누가
깜빡이를 켜지 않아 잘못했던지 상관없다. 운전은 제아무
리 고수라도 한 순간이다.

처음에 기사가 씩씩대며 다가올 때, 얼른 남편의 소매를
붙잡으며 "여보, 미안하다고 그래요." 미안하다고 말하면
끝날 일이었다. 잘못했다고 먼저 머리 조아리는데 어느 누
가 멱살을 잡을까. 더구나 지금 상황은 서로 조금 놀라기는
했어도, 사람도 차도 모두 무사하지 않은가.

그런데 또 그렇게 혼자 고고한 척 말하는 아내 대문에
그는 화가 더 났다. 서로 언성을 높이는 중에, 나는 슬몃슬
몃 남편의 넓적다리를 꼬집으며 "됐어요, 됐어! 그만…,"그
만이라고 말렸었다.

급기야, 나는 이성을 잃고

"야! 그만해."

"…"

"야! 그만 하라니까."

내 목소리에 내가 벼락을 맞은 듯 놀랐다. 누구에게 화통을 삶는 큰소리는 생전 처음이다. 물려고 덤벼드는 개에게도 그렇게 소리를 내지른 적이 없다. 서로 '니' '내' 막말이 오갔다. 우리는 이미 '17나 3212'라는 수인번호 안에 갇혀 버렸다.

"야! 내려"

"…"

"니는, 언제 한 번이라도 내 편 든 적이 있어."

"…"

"내려!"

나는 튕겨 나오듯 차에서 내렸다. 누가 우리를 잠자리에서도 서로 존댓말 쓰는 교양 있는 부부라고 알까.

'메니에르', 이름도 아름답다. 프랑스 의사 메니에르라는 사람으로부터 비롯된 병명이다. 돌발적 어지럼증으로 균형

감각이 깨지고, 더불어 청력이 약해지는 병이다. 의사가 남편의 병을 설명하면서 점점 사오정처럼 되기 쉽다고 했다. 잘 들리지 않으니, 모든 사람이 자기를 무시한다고 여기며 노여운 마음이 커진다고도 했다. 소리를 잘 들으려고 긴장을 하면 할수록 표정은 경직된다. 수명과는 상관없으니 잘 다독여 껴안고 살라고 했다. 그러나 위험요소가 다분하다. 그중 자동차의 클랙슨 소리에 사각지대다. 환자로 취급하며 가엾은 증세라고 여겨야 하는데, 나는 매번 화가 난다.

걸었다. 혼자 무작정 걸었다. 막다른 골목이 나왔다. 뒤돌아 다리가 아프도록 또 한참을 걸었다. '털버덕' ○○편의점 25시 앞, 청색 플라스틱 의자에 주저앉았다. 사하로 197번길에 사람들이 지나간다. 노란 풍선을 든 사내아이, 토끼모양의 하얀 풍선을 든 여자아이, 시끄럽게 욕설 섞어 와자하게 지나가는 중학생들, 양복 입은 신사도 지나가고 줄에 묶인 개도 지나간다. 자동차도 지나가고 드르렁거리며 오토바이도 지나간다.

나는 가끔 낯선 거리의 이방인을 꿈꾼다. 아무도 아는 사람이 없는 곳에서 자유롭고 싶다. 그곳이 파리의 몽마르트르 언덕쯤이었으면 좋겠다. 노천카페에서 갓 그워낸 바삭

바삭한 빵과 달콤한 카푸치노 커피를 마시며 한편의 글을 완성하고 싶다. 그 꿈을 위하여 체력단련 차 갈맷길로 워밍업 가는 중이었다.

아, 몽마르트르! 몽마르트르! 그곳에 가는 도중, 시비가 붙으면 "내려!" 한마디에 나는 아마 공중분해 될 것이다. 벚꽃 잎 휘날리는 이 거리가 바로 꿈에 그리던 그 언덕이려니, 눈앞에 '자유'라고 쓴 아파트도 보인다. 그는 메니에르라는 고독을 싣고 쌩하니 '벚꽃동산'으로 달려갔고, 나는 몽마르트르의 낭만으로 이 글을 쓴다.

한나절 볕이 화사하다.

명 클리닉

뭐하나 제자리를 잡은 것이 없다. 어수선하다. 슬리퍼가 먼저 보였다. 구겨지고 헐렁한 바지와 흰 가운 안에 보이는 꼬질꼬질한 티셔츠…, 도대체 환자를 맞이하는 단정한 성의가 없다. 의사만 그러한가. 어금버금하기는 간호사들도 마찬가지다. 무표정에 뼈가 앙상하여 환자보다 먼저 쓰러질 것처럼 보인다. 젊은 선생은 입술이 부르터 터졌고 이마는 M자 어르신이다. 병원의 구성원이 내 눈에는 급조한 오합지졸烏合之卒처럼 보였다.

신장개업한 동네 분식 가게 분위기다. 화분이 서너 개 있다. 꽃은 비록 시들어있어도 '○○고등학교 ○○○이 보냄' 리본에 적힌 실명은 선명하다. 진료실 안에는 조악한 플라스틱 꽃이 '나도 꽃' 얼굴을 내밀고 환자를 구경한다.

두 번째 간 날, 간호사가 "오늘은 진료비가 발생하지 않았습니다." 왜냐고 물으니 처음 날 다 계산이 되었단다. 그래도 진료하고 주사 놓고 운동요법이라며 몇 명이 달라붙어 이리저리 비틀어 당기고 밀고했는데…. "원장님 경제 사정이…." 의료보험 처리를 못 해 나뿐만이 아니고 다른 환자들한테도 첫날 한꺼번에 받고 재활비용을 받지 않는다는 것이다. 혹시 다음 주 마취 후 씻어내는 치료를 다시 하게 되면 이만 원 정도 추가 비용은 나올 수 있다며, 보살님처럼 빙그레 웃는다.

희한한 일이다. 시트콤을 보다가 생뚱맞게 눈물이 나오는 감동이다. '말이 되나?' 본래 병원이라는 곳은 사람만 보면 일단 붙잡아 각종 검사부터 시작한다. 대부분 의료보험이 되지 않는 기계가 하는 고비용 검사다. 여기서는 그 흔한 엑스레이조차도 찍지 않았다.

이 병원에 오기까지 몇 달 동안 용하다는 개인 정형외과, 한의원, 종합병원을 헤맸다. 내가 심하게 아파하니 남편이 '오십견' 인터넷검색을 하여 전국에서 가장 많이 시술한 곳을 찾아온 중이다. 그것도 부산에서 서울까지 비행기를 타고 오르내린다. 오죽하면 지금도 '무슨 꼼수가 있겠지.' 신뢰 3, 의혹 7 중이다. 마취과 통증클리닉이 맞나? 혹시, 마약(?)인가 살피는 중이다.

첫날, 내 순서가 되니 "양쪽 팔 한 번 올려 보세요."가 검사 끝이다. 서운함을 넘어 내가 다 불안하다. 아무 검사 없이 팔을 올려봐라. 내려 봐라. 단 두 마디로 진단하그, 그리고 한마디로 병명을 말한다. 예약하고 서너 달 기다리다 가면, 검사 몇 개 한 다음 진료날짜 잡고, 진료날짜에 가면 몇 마디 물어보고 또 육 개월 뒤 경과 보자하고, 일 년이나 일 년 반 정도는 아니더라도 시차 나게 긴장감은 줘야 진정 명의답지 않은가. 팔만 올려보면 아느냐고 물었더니, 대뜸 "학교 다닐 때, 공부 못했죠?" 라며 말귀를 못 알아들으면 환자 자격이 없다는 말투다.

그 의사는 도무지 친절하지 않다. 그의 태도와 의료행위는 사찰 일주문 입구의 사천왕 모습처럼 고약하다. 금방이라도 마구 칼질하고 맷돌에 갈고 불에 지질태세다. 내 팔뿐 아니라 말투도 집어던지듯 함부로 한다. 나는 폭언의 틈새를 비집고 "참 고단한 직업을 택하셨어요."라고 했더니, 자신은 "참 착한 직업이라 보람을 느낀다."고 한다. 적어도 말 잘하는 정치인들보다는 거짓말도 공갈도 협박도 않는다고 단호하게 말한다. 나에게는 마치 '청렴과 숭고함으로… 나의 의술을 펼치겠노라'고 다짐하는 히포크라테스 선서처럼 들렸다.

나는 그가 시키는 대로 꼼짝없이 침대에 누웠다. 커다란 장침으로 내 목 급소부문에 침을 꽂는다. 마취하는 것이라 했다. 겁에 질려 남편을 불러달라고 했다. 꼭 밥을 챙겨 먹으라고 신신당부했다. 그래도 미덥지 않아 간호사에게 혼자라도 나가 점심을 챙겨 먹으라는 말 좀 전해 달라는데 주책없이 눈물이 나왔다. 나의 눈물을 보던 간호사는 "아줌마, 이건 그런 시술 아녜요." 서너 시간이면 깨어난다며 내 남편을 자기 집의 골칫덩어리 남편 나무라듯 나무란다. 적어도 의사와 간호사의 호흡이 척척 잘 맞는 것 같아 그나마 안심은 된다.

시술하면서 주절주절 상황을 설명한다. 내 주위에 몇 명이 둘러서서 보고 있는지는 알 수 없다. 차가운 물이 팔 안으로 들어오는데 몹시 시리다. 시술 후, 식염수를 주입하여 염증과 혈액으로 얼룩진 관절을 씻어내는 중이다. 꿀쩍 꿀쩍 흡입하여 빼내는 소리가 들리기도 하고, 중간에 기구를 떨어뜨린 직원을 나무라는 소리에 점심 메뉴로 뭘 시켰느 나는 잡담이 오간다. 내가 다 듣고 있다고 말하고 싶으나 당최 입도 눈도 몸도 정지되었다. 한 시간 남짓, 내가 살아 있음은 오로지 창문으로 들어오는 겨울 햇살이 환하고 따뜻하다는 느낌뿐이다.

회복실로 간다며 일어나라는데 내 팔이 힘없이 '툭!' 떨어진다. 마치 변신 로봇 팔이 한 짝 늘어진 모양새다. 작은 간호사만 환자 팔을 잘 받쳐 들지 않았다고 야단맞는다. 그 순간, '영혼'이라는 단어가 떠올랐다. 영국 왕세자비 다이애나가 프랑스에서 죽어 영국으로 돌아올 때, 화물칸에 실려 왔다는 이야기를 들었다. 그 고귀한 누구라도 영혼이 없으면 짐짝이 된다. 나는 아직 살아있는데…, 서글픔이 밀려온다.

회복실에 오니 칸막이 안마다 허리가 뒤틀린 사람, 뻗정다리의 사람, 팔이 돌아간 사람, 목이 뻣뻣한 사람…. 하루에 수천 번씩 죽고 되살아나는 고통을 받으며 잠시도 평온을 누릴 수 없다는 아비지옥과 규환지옥에 온 것 같다. 모두 '신의 은총'을 기대하며 전국에서 모인 환자들이다. 마른 장작개비 내팽개치듯, 쓸모없는 물건 내다 버리듯, 밀가루 반죽을 주무르듯, 마구 당기고 패대기친다. 내 몸이 이렇게 대접받지 못한다는 느낌은 처음이다. 껄렁껄렁한 뒷골목 똘마니처럼 툭툭 던져버리는 의사의 말투도 몇 주 동안 익숙해지니 정겹게 들린다. 그 와중에 자기의 의과대학 2년 선배가 대선에 나오니, 꼭 그 사람을 택해 달라고 신신당부한다. 세속에 대한 관심은 있는 모양이다.

그로부터 몇 년이 지났다. 어느 분이 나에게 그 전에 팔이 아파 고생하더니 어떠냐고 묻는다. 나는 그동안 팔이 아팠던 사실조차 까마득하게 잊고 있었다.

'엇! 뭐지!' 진정 그곳은 명 클리닉이었을까?

MERS의 강

　며칠째 열이 자꾸 올라간다. 사나흘 그러다 낫겠지 했는
데 점점 심하다. 아파트단지 내 이비인후과에 가니, 경계하
는 눈빛으로 '음압' 시설이 갖춰진 큰 병원으로 가라 한다.
보건소에 신고할까 하다가 대학병원에 근무하는 친구에게
상황을 설명했다. 대중교통을 타지 말고 자가운전해서 응
급실로 들어오라는 지령을 받았다.

　마른장마 무더위에 찜통 같은 응급실 앞, '선별진료소'로
갔다. 간이 천막에서 장갑과 마스크에 방진복을 입은 간호
사와 의사가 차례로 맞이한다. 나는 고열에 시달리며 운전
하느라 기진맥진한 몸으로 주소와 이름 생년월일을 손수
자필로 적고 사인했다. 내가 사는 지역이 몇몇 머르스 확진
환자가 있는 병원 근처라고 응급실은 아예 들어가 보지도

못했다. 죄인이 따로 없다. 나를 보는 눈이 독사나 전갈을 보듯 꺼린다. 병원 일대는 바이러스 오염지역처럼 여겨진다. 나는 그 위험지역으로 자진해서 걸어 들어간 것이다. 지금 우리나라 사람들은 TV 앞에 앉아서 속수무책 발이 묶였다.

전쟁이 따로 없다. 어디서 듣도 보도 못한 '메르스MERS'란 균이 쳐들어왔다. 6·25처럼 포를 쏘고 한강 다리를 끊는 전쟁이 아니라, 소리 없는 6월의 함성이다. 오늘 매스컴에서 본 확진환자 번호는 147번이다. 나는 몇 번의 '수인囚人번호'로 분류될까? 정부가 무책임한 건지 언론의 선동인지 국민은 마스크를 쓰고 불신과 공포로 서로 의심하고 견제한다. 일부 지역 병원과 마을과 학교가 폐쇄되고 휴교 중이다. 남북 분계선 38선을 넘는 것도 아니면서, 38도가 넘는 몸으로 혼자 운전하고, 혼자 병원 가고, 혼자 검사실마다 가서 검사받고, 혼자 약국 가고, 그리고 혼자 집에 자가 격리되어 열을 식히고 있다.

온몸의 근육통과 사지 통으로 헛소리하고, 일어나면 헛구역질하고 누우면 머리가 쪼개진다. 잠시 열이 사그라지면 늪에 빠진 듯 진땀을 흘린다. 혀의 기호체계가 무너졌다.

맹물도 쓰지 않으면 달다. 먹은 것이 없으니 나오지 말아야 하는데 배 속의 창자마저 빠져나오려고 한다. 날이 갈수록 얼굴은 잘 익은 만두 마냥 부풀어 오르고, 가위로 잘라도 아프지 않던 머리카락까지 아프다. 마른 옥수수수염같이 푸석하더니 마침내 가닥가닥 빠진다.

그만하고 싶다. 10시간 넘게 산고를 틀던 며느리가 10분만 기다리면 남편이 도착할 거라 해도 "싫어, 싫어!"를 외치며 "끝내고 싶다"고 소리치던 그 모습이 지금 너 모습이다. 그래도 산통은 길어야 하루 이틀이다. 진통제를 시간 맞춰 먹고 잠시라도 잠들면 잊힐까 싶어 밤과 새벽으로 수면제를 자꾸 넘긴다. 숨 쉬는 일이 고통이다. 수업시간마다 기를 끓어 올리던 목청의 결절일까. 참는 것이 이력이 난 방광의 문제일까. 피를 토하고 썩어 문드러졌던 폐결핵의 재발일까. 폐만 신경 쓰느라 곁에서 관심 한 번 못 받고 슬며시 지나갔던 늑막염의 반란일까. 글 쓰느라 호두알 같은 뇌 속의 꽈리가 터졌을까. 그보다, 정말 메르스일까? 무엇이든 어떠한 병명이 나오든 아프기는 마찬가지. 이쯤에서 나야 말로 끝내고 싶다.

아픈 것보다 심한 고통이 있다. "당신은 이기적이야." "당신은 공인으로써 비양심적이다.”“스스로 의심이 되었다면 보건소에 자진신고 했어야지.” 남편의 비난이다. 늘 아플 때마다 미련하게 참으면서 버티는 꼴이 안타까워서 하는 말인 줄 잘 안다. 얼마나 아내를 잃을까 봐 겁이 나면 그토록 모진 말을 할까. 그러나 누가 이 지경을 상상이나 했나. 편도 좀 붓는 그까짓 고뿔 따위가 무슨 대수라고 병원을 간담. 여태까지 나는 감기가 걸리면 부주의했던 체온조절을 반성하고, 몸살이 나면 열심히 일한 당신 쉬라는 ‘축복’으로 여기며 보름 정도 빈둥거리다 보면 나았었다.

그즈음 나는 서울로 경기도로 울산으로 강의를 다녔다. 어떤 모임은 내가 물어보기도 전에 취소되었다는 문자가 수시로 왔다. 정부에서도 공적인 문화행사일수록 무산되었다. 생업일지라도 사람들이 모이는 것을 극도로 자제하는 분위기다. 나도 걱정이 되어 사전에 몇몇 기간이나 모임에 상의했으나 과민한 반응이라며 일이 진행되었다. 경기 북부는 괜찮다고 했던 ‘양주골 문학회’, K중학교의 ‘학부모 인문학 교실’, 찾아가는 ‘인문학 콘서트’의 H고등학교의 3학년 학생들, 남편 동기회 12팀 부부동반 모임, 시월에 미국으로 출국할 시애틀 사람들, ‘에세이부산’ 정기모임 등에 참

석했었다. 같은 시간 같은 칸에 KTX를 탔던 사람들, 공항이나 기차역에서 마주쳤던 사람들, 몇 개의 지하철 환승역에서 스쳐 간, 사람, 사람들…, 점조직처럼 사돈에 팔촌까지 걸리지 않는 사람이 없다. 숫자가 엄청나다.

남편의 말이 옳다. 내가 만약 확진으로 판명되면 그 많은 이들에게 일파만파 확산될 쓰나미를 어찌할까. 땡볕에 나앉아 석고대죄해도 용서받지 못할 죄인이 아무런 액션도 취하지 못하고 숨죽이고 숨어있다. 아픈 것은 나 혼자 끝내면 그뿐이다. 나와 상관없는 제3의 사람들은 어쩌란 말인가. 이 세상에서 가장 양심 없는, 개념 없는 사람이 될 것이다. 나는 아직 확진도 아닌 의심환자로서 '메르스 왕따'의 주홍글씨를 날마다 베갯머리에 수놓는다. 내가 평생 그 무슨 죽을죄를 지었다고 이 염천 더위에 화형火刑을 받아야 할까.

또 병원에 가는 날이다. 속옷가지와 세면도구를 담은 입원 가방을 들고 마스크를 쓴 채 다른 방에 기거하는 남편에게 거듭 카카오톡을 보냈다. 이 방에 있는 것, 통장 현금 금가락지만 빼고 몽땅 불태워요. 세일할 때 새로 사서 한 번도 입지 않은 진흙염색 치마와 속옷들도 있는데, 새것이라도 아깝다 생각 말고 그냥 다 태워요. 책도 가구도 "태워요, 태워요." 벌써 몇 번째 당부다. 병원에 갈 때마다 다시는 집으로 돌아오지 못할 것 같다. 내가 덮던 이불 침대도 그대로 다 태워버려요. 내 손이 닿았던 물건들을 하나도 밖으로 내가지 못하게 했다. 이웃에게 친지에게 가족에게 방어벽을 치고 스스로 자가 격리했다. 그날따라 TV에서는 메르스 확진 환자로 아내가 죽었는데 남편도 자식도 화장터에 가지 못하고 의료진들이 마지막 편지를 대신 읽어주는 영결식 장면이 나온다.

나도 이렇게 말하고 싶다. 남편한테 그동안 수고했다. 내 곁을 지켜주어 고맙다. 아들들에게 엄마의 아들로 태어나 주어서 고맙다. 다만 며느리들에게 미안하다. 이제 갓 시집 와서 사랑해줄 시간이 짧았다. 그리고 나에게 독백한다. 여한 없이 힘껏 살았다. 오늘 삶이 끝날 수도 있는데, 기약할 수 없는 내일을 위해 너무 애쓰고 살았다. 그동안 가족과 지인들에게 분에 넘치는 사랑을 받았다. 모든 삼라만상에 고맙다. 시시각각 변하는 아내 카미유의 주검 빛깔을 그리던 빛의 화가 모네처럼 문득, 이런 문구가 떠오른다. "내게 너무도 소중했던 한 여인이 죽음을 기다리고 있고, 이제 죽음이 찾아왔습니다." 나는 자신의 상태를 타인처럼 관망하고 있다.

오버라고? 너무 앞서 멀리 갔다고? 그만큼 나는 날마다 절박했다. 인도印度의 카스트제도가 있다. 그 제도어 비유하자면 나는 2단계 정도는 오르고 싶어 안간힘을 쓰며 살았다. 내리자. 내려놓자. 만약 살 수 있다면, 고지를 하향 조정하여 3등급으로 낮출 것이다. 4등급인 하위에 두기에는 그동안 쌓아 온 공이 아깝다. 우선 일을 줄이겠다. 노력도 사치다. 기도문처럼 빌었다. 오직 내게 남은 것은 열에 들끓는 몸뚱이뿐인 줄 알았는데…, 어디에 저장되었다가 나오는지 눈물이 줄줄 나온다. 엎드려도 미어지듯 가슴이 조여 온다.

또 나락으로 까부라진다. 어딘가 가고 있다. 기찻길이다. 파꽃이 민들레 홀씨처럼 하얗게 폈다. 파꽃에 벌이 날아든다. 고무신을 들고 파꽃에 앉은 벌을 잡아 빙빙 돌리다 힘껏 내리쳤다. 내팽개쳐진 고무신 안의 벌이 꿈쩍도 하지 않는다. 나는 깊은 잠속에 들었다.

"휴우~!" 편안하다. "어라!" 그런데 손가락 하나 움직일 힘이 없다. 온몸은 물에 빠진 생쥐가 되었다. 열흘 넘게 내 몸을 태우던 아궁이가 물 끼얹은 듯 식었다. 같이 뛰던 「비정상회담」 맴버들도 나가고, 「시월드」 수다쟁이 게스트들도 나가고, 「썰전」과 「강적」의 멤버들도 다 나갔다. 마치 단체 줄다리기에서 애만 쓰고 줄밖으로 나만 혼자 나동그라진 느낌이다. 빈방에 우두커니 홀가분하다.

요단 강, 그 강의 다른 이름 '메르스의 강'에서 허우적거리다 겨우 기어 나왔다. 메르스 의심환자라고, 선별 진료한다고, 자가 격리로 입원도 안 받아주고, 그 흔한 수액 링거 한 대도 수혜 받지 못하고 혼자 창과 방패를 들고 강의 언저리에서 맞섰다. 대책 없이 치솟던 간 수치와 백혈구 수치와 싸웠다. 고열에 시달린 지 보름 만에 알아낸 병명 '급성 B형 간염'이었다.

그제야 그동안 보이지 않던 핸드폰 문자가 보인다.

[D대학교병원 이용 안내문]

D대학교 병원에 입원한 메르스 환자는 최첨단 음압격리 병실에서 치료 후 완치되어 25일 퇴원하였습니다. 퇴원 후 철저하고 광범위한 방역소독을 시행하여 병원의 이미지를 계속 유지하고 있습니다. 또한, 메르스 의심환자를 철저히 분리 진료하는 선별진료소를 운영하고 있으며, 열 감지 카

메라 등을 통해 의심환자의 병원방문을 원천차단하고 있습니다. D대학교병원은 부산 유일 국가지정 메르스 거점치료병원이자 국민 안심병원으로 엄격한 감염관리로 환자 안전에 완벽함을 행하고 있사오니 안심하고 내원하여 진료를 받으실 수 있음을 알려드립니다. D대학교 병원장 김○○

"야! 지금 너희 뭐하는 거야!" "너희도 죽도록 아파볼래?" "나, 그동안 너희에게 방치되었었잖아, 너희가 선별진료라는 이름으로 병원 밖에다 나를 내버렸었잖아" "원천차단! 웃기고 있네!" 소리치고 싶다.

그래도 입원했다가 메르스에 노출되는 최악의 상황보다 나았던 거라고, 나뿐만 아니라 대한민국 온 국민이 메르스 공포에 시달리며 마비되었던 국가의 비상사태였다고, 너는 하필 그때, 왜 아팠느냐고, 시기가 시기인 만큼 국민의 한 사람으로서 이해해야 한다고 스스로 달래고 위로한들, 나는 몹시 아팠었다. 그중 마음을 추스르기까지 '비양심적'이라는 남편의 비난이 가장 무서웠다.

담당 주치의 의사는 병원 측의 대변인처럼 "우리도 '프로패셔널'이기 때문에…, 적극적으로 도와드리지 못한 걸 이해하시겠죠?” 동의를 구한다. 그러나 나는 내 목숨을 담보로 남의 전문 업종을 지켜줄 만큼 마음의 여유가 없다. 로마에 가면 로마법을 따라야 하듯, 병원에 가면 의사의 말을 따라야 한다. 의사는 환자에게 신神이다. 극락왕생 부처보다 천국의 예수보다 눈앞에 살아있는 현신現神이다. 신의 은총만을 기대하던 나는 당했다는 억울함이 크다. 선별진료비 특진비 각종 검사비 초음파 비용을 다 냈다. 물에 빠진 사람 건져내니, 내 보따리 내놓으라는 격이라고 말할 수 있다. 어쨌든 나는 죽지 않고 살았다. 누가 피해자고 누가 가해자인가. 그 누구의 잘못도 아니다. 단지 나는 재수가 없었을 뿐이다. 아무리 너그러운 척해도 화가 난다. 그런데 슬픈 건 화낼 기력이 없다.

메르스 잠복 기간 2주 후 2015년 6월 30일, 나는 감염내과에서 간 센터로 이적되었다. 노련한 간염 내과 선생님 말씀,“그동안 혼자 참아내느라 수고하셨어요, 큰일 날 뻔했습니다. 메르스하고는 아무 상관이 없습니다.” 뭐라? 그럼 나를 졸업시킨다며 “아직도 메르스 균을 배제할 수는 없습니다.” 라고 말하던 프로패셔널한 젊은 의사의 소견은 도대체 무슨 횡포인가.

신神은 더러 나락이거나 지옥이다. 메르스라는 강물 위에
남몰래 모아 놓은 내 쌈짓돈만 둥둥 떠다닌다.

* 메르스(중동 호흡기 증후군) : 과거 사람에게서는 발견되지 않는 새로
  운 유형의 코로나바이러스 감염으로 인한 중증 급성 호흡기 질환으로,
  최근 중동지역의 아라비아 반도를 중심으로 주로 감염환자가 발생하
  여 '중동 호흡기 증후군'으로 명명되었다. ─네이버 지식백과─

마담, 모르쇠

무엇을 믿게 보였을까. 그녀가 나를 쳐다보는 시선이 곱지 않다. 공연히 눈치가 보인다. 나의 남편은 "주인님 가시는 길에 말고삐를 붙잡고" 따라오는 돈키호테의 하인처럼 내 곁을 지킨다. 본래 집에서 잘하지 못하는 남정네는 밖에 나가면 허세를 부린다.

몽생미셸이 있는 곳으로 떠나는 날이다. 영국해협으로 흘러나가는 센강 하구의 항구도시 옹 플뢰르 노르망디, 빛의 화가 르누아르 세잔 모네 쇠라 쿠르베와 인상파 화가들의 대부인 브댕이 머물던 곳이다. 전날 저녁에 인터넷으로 급조한 여행코스다. 안내자는 준수한 한국청년이다. 신혼부부 한 쌍, 우리 부부, 그리고 나를 견제하는 그녀다. 그녀를 태우러 파리 16구 샹젤리제로 갔다. 정원이 훤히 들여다

뵈는 저택에서 그녀가 나온다. 짧은 단발머리, 움켜쥐듯 껴안은 가방, 맹꽁이 운동화, 오래된 수동카메라, 내 눈에는 영락없는 '촌티할매'다. 그녀는 일행을 한 번 훑어보더니 선글라스를 낀다. 역시 선글라스는 패션의 완성이다.

모스크바에서 한 달을 머물다 파리에 왔다고 한다. 우크라이나와 키르기스스탄에서 속옷까지 다림질해 주는 하녀들의 수발을 받았다며, '백작 부인'이 따로 없었다고 한다. 샹젤리제 고급민박집도 혼자 쓴다고 한다. 그녀는 겁나는 게 없어 보인다. 첫인사가 "나는 가방끈이 짧다." 간단하게 치고 들어오니, 그다음은 그녀를 인정하는 수밖에. 몇 천만 원 통장을 깨서 나오니, ABC 영어 한마디 몰라도 어디든 최고의 대우를 받는다며 목에 힘주어 말한다. "돈이 양반이다!" 이 나라 저 나라, 민박집 사장이 연결해주는 대로 다닌다고 한다. 집을 떠나온 날은 있으나 돌아갈 날은 없다. 돈이 떨어지면 돌아갈 것이다. 그러나 한국에서 돈이 송금되어오니 더 길어질 것이라며, 당신들 나한테 덤빌 테면 덤벼봐! 배짱으로 당당하다.

그녀는 지금 세상 부러울 것이 없다. 그런데 왜? 심사가 꼬여 내가 주는 과자 음료수 커피는 모두 거절할까. 예쁠

것도 없고 돈도 없어 보이는데 내가 남편 하나는 잘 만난 것으로 보였던 도양이다. 나도 할 말이 많다. 매일 시각을 다투어 일하러 다니느라 점심을 놓치는 날도 많고, 기력이 없어 더러 길에서 쓰러진 날도 있다. 여행경비도 남편에게 미리 송금하고 온 사실을 그녀는 알 리 없으니, 그녀에게 내 모습은 남편의 등골이나 빼먹는 개념 없는 사모님으로 보였나보다.

옹 폴뢰르 노르망디는 파리시민들이 나이 들어 가장 살고 싶어 하는 곳이라고 한다. 로망의 고장답게 골목마다 조붓한 격이 있다. 떡갈나무 목조건물은 생활주택인데도 관광객을 위한 모형주택처럼 예쁘다. 예쁜데다 분홍빛 붉은빛 베고니아와 페튜니아로 색조까지 맞추니 들어내 놓고 예쁘지만 질리지 않는다. 가로 세로 골목마다 창문에 아이새도처럼 흰색과 보랏빛 꽃 화분이 공중에 매달려 있다. 바닷가로 나오니 빛의 도시답게 푸른 하늘과 해안가의 알록달록한 집, 요트가 즐비하다. 시시각각, 삽시간에 은빛 금빛으로 바뀐다. '극치'라는 단어의 물그림자가 온통 우리 얼굴을 빛나게 한다 그곳에서 나의 남편은 현지인처럼, 내게 볼 키스 비쥬bisu를 "쪽쪽" 흉내 내며 놀았다. 누군가 "놀고 있네.” 흉보면 어쩌냐며 내가 눈치를 살피면, 남편은 “우리 놀러 온 것 맞다.”며 맞장구쳤다.

그러나 그녀는 정작 도착한 여행지에는 관심이 없어 보인다. 그녀는 나처럼 “와우~!” 환호하며 ‘바다에 떠 있는 고립된 섬’ 고혹한 몽생미셸의 풍광에 탄성을 지르지 않는다. 1888년에 열었다는 특산물 오믈렛도 먹지 않는다. 그 먼 곳까지 와서 아예 몽생미셸 수도원에 올라가지도 않는다. 성채가 나오든 말든 동네 한가운데 벤치에 앉아 동상처럼 멈춰있다. 마치 어린아이가 엄마 치맛자락 붙잡듯 현지 가이드 옆에서만 뱅뱅 돈다. “배탈이 날까 봐, ….”라며 헝겊 가방에서 살균된 우유와 미숫가루만 꺼내먹는다.

몽생미셸에서 돌아오는 길, 봉고차 안의 일행이 모두 곯아떨어져 자고 있다. 그녀는 묻지도 않았는데, 뒤에 앉은 나에게 미주알고주알 풀어놓기 시작한다. 그녀가 여행 떠나오기 전, 곗돈 내는 지인들과 충무에 놀러 갔었다고 한다. 늘 자랑거리만 한 보따리 싸오는 잘난 친구들이란다. 그녀들은 자식농사를 잘 지어 의사 변호사 ‘사’자들의 잘나가는 어미들이다. 좋은 옷 입고, 비싼 보석 끼고, 성형하고…, 아직 기분은 살아있어 고급 포도주 한 잔씩을 따라 마시면서 이야기꽃을 피웠다. 깊은 밤, 자랑밑천이 떨어지자 그때부터 여기 아파, 저기 아파, 관절 수술, 허리 수술. 명품으로 치렁치렁 치장이 무슨 소용인가. 술기운을 빌어 "내 인생 이게 뭐냐? 누가 보상해주느냐!"며 팔자타령을 하더라. 손자 보랴, 며느리 눈치 보랴, 즈이 식구만 아는 잘난 아들 쳐다보랴, 갈수록 태산인 영감님의 심술을 토로하며 서럽게, 서럽게 꺽꺽 소리 내어 울더란다. 자신이 나서서 "노세, 노세 젊어서 놀아, 늙어지면 못 노나니♬" 노래 한 곡으로 눈물 마무리를 짓고, 그 길로 바로 몇 천만 원 꿰차고 집 나오니 이래 좋다. 다음 코스는 체코로 갈까? 밀라노로 갈까? 스위스가 그래 좋다던데…. 떠돌다 길거리에서 죽더라도 자신의 선택에 여한이 없다고 한다.

촌놈과 결혼해 너무 가난하여 딸 하나밖에 낳지 못하고, 남의집살이부터 안 해본 일없이 몹시 힘들게 살았었다고 한다. 죽기 살기 일하여 먹고살만하니, 아들을 낳지 못했다고, 여편네가 못생겼다고, 무식하다고, 밥 먹다가 뒤엎고, 자다가 발길질하던 남편이 저질렀던 행패를 나에게 낱낱이 고발한다. 이야기 중간 중간 "돈이 양반이다." 핵심은 절대 놓치지 않고 후렴구처럼 왼다. 그녀는 지금 다달이 건물 세를 받고 있으며, 딸이 마흔다섯 살인데도 결혼할 생각이 없으니, 남들처럼 손자 손녀 봐 주다 골병들 일도 없고, 감 놔라. 대추 놔라 잔소리할 좁쌀영감도 없으니, 내 팔자가 상팔자라고 팔자타령 사설이 판소리 한 마당이다.

그녀는 지금, 임자를 만난 것이다. 눈 꼬리 처진 만만한 여자한테 고단했던 삶을 퍼다 버리는 중이다. 천국의 계단이 따로 없다. 돈이 그녀에게 칸으로 오르는 붉은 카펫을 깔아줬다. 집 뛰쳐나온 로라, 나는 그녀의 과단성에 로얄석 관객이 되었다. 그녀는 드디어 인생의 주인공이 된 것이다. 그녀의 퍼포먼스에 나는 "아아~ 예에~ 에유~" 동조하고 탄식하고 "쯧쯧" 혀만 찼다.

산티아고를 걷는 순례자도, 바람의 딸도, 명품을 사러 온 쇼핑족도, 아비뇽의 여인을 그릴 것도, 이국의 정취를 글로 쓸 작가도 아니고, 아니고…, 아닌 그녀. 나는 어느새 그녀에게 빠져들기 시작했다. '돈이 양반이다'로 득도한 순례자의 모습, 나는 그녀를 '마담, 모로쇠'로 추앙한다.

제 4 부

내비아씨의
프로방스

파리지앵 pərízən, 이 남자

에펠탑이 보인다. 소설『황금 물고기』가 떠오른다. 정말 이 나라는 인종 차별 따위는 없을까. 법적인 구속력 말고 본연의『까만 피부, 하얀 가면』파농의 얼굴들 말이다.

길거리 노천카페, 둘이서도 마주 보지 않는다. 모두 길거리에 시선을 둔다. 담배를 피우면서도 이야기하면서도 끼리끼리 둘러앉지 않고 각자 거리의 행인을 보고 있다. 그들은 옆 사람의 이야기를 마음에 담아두지 않고 지나가는 사람들에게 떠나보내는 것 같다. 서로에게 '관객'이다. '끌림' 따위는 아예 없는 듯, 다소 냉소적이다. 그런데도 '사랑'하면 왜 '파리의 연인'들이 떠오르는지. 그들의 사랑방식은 도대체 무엇일까.

사실 1982년 우리 부부는 로댕의 '생각하는 사람' 앞에서

턱시도와 웨딩드레스를 입고 사진을 찍었다. 서울 종로예식장 야외조각상이다. 실제 파리의「로댕미술관」안, 로댕 동상 앞에서 그동안 사이좋게 잘 살았는지 중간 점검을 받는 기분이다. 어제저녁, 남편을 안아주고 나오지 않았더라면 어찌할 뻔했는가. 관능이 스멀스멀 밀착한다. '더 키스' 앞에서 로댕의 손길이 까미유 끄로텔의 유선에 닿는 모습 앞에서 우리도 살아있는 조각상이 되었다. 로댕미술관 야외공원에는 한국말만 들리는 것 같다. 한국의 초, 중, 고등학생들이 떠들썩하다. 대한민국 미술교육 참으로 대단하다. 미술을 전공한 집의 아이들에게 부모로서 처음으로 미안하다는 생각을 했다.

루브르박물관에서 북새통에 밀려들어 갔다. 유리관 속에 갇혀 세계 사람들의 눈총을 혼자 받는 여인「모나리자」그림 앞에서 절망했다. 그 방 가득 찬 사람들의 탄성 소리에 나는 넋이 나갔다. 루브르의 인파 멀미로 방향감각을 잃었다. 며칠 후, 정신을 가다듬어 다시 가서야 먼발치로부터 다가갔다. 오히려 근대 현대미술관의「모딜리아니의 여인」그녀의 시선에 매료되어 보고 또 보고 비켜설 수 없었다. "들라크루아!" "여기가?" 작품이 소품이다. 작은 정밀묘

사다. 종이 값 물감 값이 적게 들었을 것 같다. 매우 지나치게 조용한 분위기다. 내 조심스런 걸음걸이로도 마룻바닥 삐거덕거리는 소리가 크다. 좁은 방에 두 명씩 큐레이터가 있다. 그들은 작품을 지키는 것인지, 관람객을 관람하는 것인지 태도가 거만하다. 프랑스에서는 관람객을 관리대상으로 보는 눈초리가 심하다. 그들을 내쫓고 싶다. 더구나 빨리 나가주었으면 하는 시선이 거북하다. 전체적으로 우울모드다. 그러나 들라크루아 미술관 뒤뜰은 아늑하다. 글 한 편 시작하여 끝낼 수 있는 분위기다. 초록의 그늘이 싱그럽다. 한참을 다리도 쉴 겸, 고즈넉한 아름다움에 취해 벤치에 앉아서 꼬박꼬박 졸았다.

오랑주리 미술관에 들어서는 순간, 헉! 숨이 멎을 듯하다. 모네 「수련」의 방에서 가슴이 쿵쿵거린다. 어디선가 미리 보았었다면 그렇게 숨이 차오르지는 않았을 것이다. 한동안 앉았다가 섰다가 가슴을 쓸어내리다가 마음과 몸을 털버덕 주저앉았다. '세상을 다 살았다고, 세상을 다 보았다'고 말할 수 없다. 나만 그런가. 눈빛이 다른 외국 사람들도 숨을 참고 있다가 "후우~!" 포효한다.

미술관을 순례하면서 아쉬움이 크다. 진작 크로키를 배

웠으면 좀 좋았을까. 시간에 쫓기지 않고, 천천히 음미하며 특징을 잡아 집중하고 싶다. 날마다 명화를 감상하며 부박한 눈에도 겉멋이 들어 나만의 도록을 엮어내고 싶다. 나는 여행자의 준비가 멀었구나싶어 애꿎은 내 손만 자꾸 꾹꾹 눌러본다.

뭐든 익숙하면 방심하게 된다. 드디어 올 것이 오고야 말았다. 우리 부부의 한계는 보름쯤인 것 같다. 긴장하여 함께 잡았던 손이 갑갑해진다. 나는 불어 영어 말이 통하지 않으니 만사가 OK다. "노 프라범" 거리낄 것이 없다. 한 블록, 한 모퉁이에서 뒤돌아보는 것은 어서 쫓아오라는 신호지만, 두 블록 두 모퉁이는 오던지 말던 지, 이참에 파리의 길거리에 아내를 버리고 싶다는 뜻이다. 안내 책자에 프랑스 편지지와 카드가 예쁘다고 나와 있다. 소로본 대학 근처 문구점에 가보니 실제로 예쁘다. 알록달록 디자인 천국이다. 바구니에 주섬주섬 담았다. 안으로 들어가 젊은 백인 남자 친구에게 막 계산을 하려는 순간, 남편이 들어왔다. 내 옆에 서더니 "이거 꼭 필요해?" 단호하게 "예! 꼭 필요해요."라고 해야 하는데 "응~응~ 아니" 긍정도 부정도 아닌 어정쩡한 대답이 자꾸 나왔다. 나는 한국에서도 문구류를 당장 필요해서 사는 경우는 없다.

나에게 문구류는 보석이다. 꼭 손가락에 끼고 목에 걸고 귀에 달지 않아도 된다. 그냥 책상 서랍에 가지고 있으면 마음이 풍성하다. "이게 한국 돈으로 계산하면 십만 원이 넘는다." 라고 꼭 짚어 알려준다. 나는 당당하게 십만 원을 쓸 정도의 경제력이 된다. 은행 잔액도 많다. 또 누가 알겠는가. 훗날, 열하일기에 버금가는 여행서 한 권을 완성하게 될는지. 지켜야 할 뚝심은 어디로 가고. 바보같이 종업원을 쳐다보며 "쏘리~, 쏘리~" 하면서 하나씩 뺐다. 내 아들 같은 젊은 점원도 어깨와 손을 들썩이며 괜찮다는 제스처에 묘한 미소를 보인다. 품격 있는 여사님 '체면'이 말이 아니다. 남편도 뒤질세라 프랑스 남자한테서 되레 나를 구제해 준 듯한 몸짓으로 먼저 문구점을 횅하니 나선다. 싫다, 싫다, 정말 싫다. 한 블록씩 쫓아가기 싫다. 숫자 개념이 젬병이고 현실감각이 다소 없기는 하지만, 명품가방도 구두도 시계도 아닌, 내가 오매불망 그리운 이들에게 사연 하나씩 보내고 싶은 마음이 파랗게 멍든다.

남편은 뭐 하나 사려고 해도 몇 번 망설이다 기회를 놓친다. 이리 재고, 저리 재고 계산기 꺼내어 한국 돈과 유로를 계산해본다. 가격대비, 품질대비, 실용성, 다 따지다 보면 결국 기념품 하나도 못 산다. 경제를 지키는 남편의 구매 방법은 꽤 훌륭하다. 나를 아내로 선택한 것만 봐도 그의 안목은 상당히 높다. 대신 나는 비싼 곳은 아예 들어가지도 않는다. 그곳엔 정말 나의 자존감을 무너뜨리는 계산서만 있다고 여긴다. 소소한 토산품 점이나 문구점, 거리 뒷골목 등을 배회하면 가는 곳마다 소품의 디자인과 빛깔이 마음을 당긴다.

몇 블록을 한마디 말없이 두 걸음 앞으로 한걸음 뒤로 쫓아가는데, 내 마음을 대신하여 통곡처럼 장대비가 억수같이 쏟아진다. 거리 카페들이 서로 마주 보이는 골목이다. 처마 밑에 비 맞은 생쥐 꼴로 붙어 서 있는 우리 부부에게 빗줄기가 으르렁댄다. 이미 마음 까지 첨벙 빠져 허우적대는데…… 한 발자국도 옮길 수 없다. 차가 한 대씩 지나갈 때마다 물벼락을 맞는다. 설상가상 도로의 물이 역류해 길 위로 물이 차오른다. 이런 날씨가 종종 있는지 양쪽 카페 안의 사람들이 우리를 쳐다보며 느긋하게 와인 잔을 기울인다. 몇몇 사람들은 나를 보고 눈을 찡긋한다. 이미 그들에게 우리 부부는 비에 젖은 파리풍경이다. 처음에는 창피하더니 그 분위기가 점점 재미있어져 나도 V자를 그어 화답한다. 그 런데 문제는, 우두커니 바라보고 있으니 배가 고프다. 또 약이 바짝 고개를 쳐든다. 이런 때 후다닥 못 이기는 척 비를 피해 카페에 들어가면 좀 좋을까. 나의 짝지는 그게 안 된다. 눈치 없는 내 배와 입은 꼬르륵거리며 침이 고인다. 평생소원이 보리 개떡이라고, 그들이 먹고 있는 국수 나부랭이 스파거티가 세상에서 가장 맛있어 보인다. 허기가 차올라오니 급기야 혀가 말려들어간다. 쓰러지기 일보 직전, 언제 그랬었나 싶게 금세 햇볕이 쨍쨍하다. 괜찮다. 서운함 따위는 굴줄기에 다 떠내려갔다. 개선문을 통과하듯 나의 짝지는 '파리지앵parisian〔pərízən〕'의 기본인 선글라스를 끼고 활기차게 걷는다. 푼수 댁 뒤따라 샹젤리제 거리로 경쾌하게 행진한다. 지나가던 악기를 든 한 무리의 여학생들이 나를 향해 한명씩 V, V, V자의 사인을 보낸다. 한국으로부터 파리까지 여행할 수 있으니, 이 또한 즐겁지 아니한가.

적자생존, 찍자생존

– 좌충우돌 파리생활

비가 왔다. 마침 나비고Navigo(지하철 버스 교통이용권)와 뮤지움패스 일주일 기간이 만료되었다. 아마 티가 오지 않았다면 계속 질주했을 것이다.

아~ 휴식, 일주일에 하루 정도는 휴식이 필요하다. 여행지에서 장 보며 삼식이 세끼에 간식까지 챙기며 다녔다. 종아리에 알통이 배기고 발목이 부러져 나갈 듯 걷고 난 다음의 여유다. 아직 한국에 돌아가려면 열흘이나 남았다. 인생의 속도로 헤아리자면 반평생이나 남은 셈이다. 젊은 날, 뭔가 빨리해내야 한다는 강박증이 그동안 얼마나 삶을 고단하게 했던가.

에펠 타워가 있는 파리 15구, 작은 스튜디오(원룸)를 빌렸다. 미셸 장의 집은 심플하다. 없지만 다 있고, 있지만 다 없다. 전기 레인지 세탁기 도마 칼 숟가락 내가 좋아하는 와인 잔, 내가 가장 싫어하는 전기밥솥…, 소꿉놀이 같다. 몰래 숨어든 소설 속의 연인들처럼 우리는 매일 밤 커튼을 쳤으며 매일 밤 숨찼다.

밤 10시가 넘어 해가지는 나라에서 저녁마다 시간 맞춰 켜지는 에펠탑의 불꽃 쇼를 보며 건배했다. 나는 지금 젊은 날의 독점적인 사랑이 고픈 것이 아니다. 무덤덤한 맹물 맛의 사랑이 있는 듯 없는 듯 그 편안함이 그립다. 실용과 낭만사이를 꿈꾼다. 젊은 날에 파리에 오지 않은 것이 얼마나 다행인가. 아마, 그대로 그곳에 주저앉아 정착했을 것이다. 나이 들어 안 오길 얼마나 다행인가. 지팡이 짚고 어정어정 뒷걸음쳤을 것이다. 지금 파리에 와서 얼마나 다행인가. 아직 체력도 낭만도 돈도 말랑말랑 감성도 달콤하지 않은가. 꿈꾸는 자만이 몽마르트르 언덕에 오를 수 있다.

벌써 몇 번째다. 삼삼오오 쑥덕대다 다가온다. 몰래 사진도 찍는다. 나는 정색하며 "농"이라고 말한다. 아예 이름표까지 목에 건 큐레이터가 "당신, 영화배우?"냐고 또 묻는다. "농" 절대 농이다. 나는 그냥 한국 아줌마라고 한국말로 또박또박 말한다. 남편이 둘러싸인 나를 구출하느라 다가

오면, 사람들은 더 모인다. 내 짝지가 하필이면 세계 피아니스트의 거장 백건우와 닮았기 때문이다. 내 눈에 코크고 잘생긴 청년만 보면 모두 디카프리오처럼 보이듯 그들의 눈에 나는 꼼짝없이 '윤정희'다. 외국인만 그렇게 보는 것이 아니다. 노르망디에 몽생미셸 하루 투어를 신청했더니 현지가이드인 한국 청년도 보자마자 "윤정희 씨?"하며 반긴다. 아니라고 하는데도, 목소리를 들으니 진짜가 맞다며 좋아한다. 파리사람들의 영화사랑이다.

파리 시내에서 단체 한국관광객을 만나면 두 사람만 왔느냐고 묻는다. 둘이 좌충우돌하는 '자유여행'이라고 하면 "우와~, 좋겠다." 루브르의 모나리자와 맞닥뜨린 듯 탄성을 지른다. 그러나 여자화장실에서 은밀하게 만나면 어쩌다 그렇게 되었느냐며 "괜찮나?"고 위로한다. 말 통하는 사람이 단둘뿐이니 밤낮 싸워서 그렇지, 그런대로 괜찮다. '적자생존'이라 해서 경제적 적자만 내는 여자도 아니고, '찍자생존'이라 하여 밤마다 침대에서 아내를 찍어 넘기기만 하는 남자도 아니다. 날마다 여행일지를 적고, 곳곳마다 사진 찍는 부부다. 흰 블라우스에 빨강 장미 한 송이 가슴에 단 조그만 동양여자, 틈만 나면 아무 곳에서나 요가자서로 앉아 메모한다. 서 있기 좋아하는 유럽인들은 그녀에게 카메라를 들이댄다. 내 모습이 그들에게는 또 다른 파리풍경이다.

어느 나라에 가든 귀국 전날 나는 도서관은 꼭 간다. 그곳은 지성이 숨 쉬는 곳이다. 어떻게 아느냐고? 내가 '지성인'이기 때문이다. 내일이면 한국을 떠난다는 아쉬움이 역광이긴 하지만, 그 빛이 주는 효과는 에너지다. 멋지다. 광대하다. 무엇이? 미테랑도서관이? 아니다. 내가 그곳에 지금 있다는 충만감이다. '당신은 전혀 이해할 수 없는 세상 속, 귀에는 아름답게 프랑스 말이 간혹 들리지만 내가 어느 의미로도 전혀 짐작할 수 없는, 상관없는 언어를 하는 사람들, 나는 지금 그들 틈에 끼어 철저히 고립의 경험'을 하고 있다. 선글라스를 벗어놓고 돋보기를 꼈다. 선글라스의 시선으로 '이방인'이 되기보다는 돋보기의 초점으로 카뮈의 마지막 소설을 읽고 있다. 햇볕이 좋아 총을 쐈다는 진정한 비극은 그를 학교에서 가르치지 않고 그의 작품을 읽지 않는 데 있다는 말에 나는 몰입한다.

파리와의 작별시간이다. 몽마르트르언덕, 달리미술관, 오르세미술관, 루브르박물관, 오랑주리미술관, 로댕미술관, 군사박물관, 앵발리드, 베르사유궁전, 노트르담 대성당, 생트샤펠, 퐁피두센터, 파리 국립현대미술관, 마레지구, 개선문, 샹젤리제, 클로드 모네미술관, 다이애나 추모비, 빅토르 위고 자료관, 에펠타워, 파리 시립근대미술관, 갈리에르궁전, 몽 생 미셸, 카페 레뇌마고, 마들렌 교회, 아랍세계연구소, 소로본대학, 웅플뢰르, 노르망디, 뤽상브르공원, 튈르리정원, 오페라 가르니에, 라파예트백화점, 들라쿠르아미술관, 시테섬 생루이섬, 센강과 다리, 조각공원, 리옹역, 미테랑도서관, 장식미술관, 방돔광장, 보주광장 등등. 첫사랑이 가슴 한편에 자리 잡고 있듯, 오랫동안 나는 파리를 그리워할 것이다. 서양 쪽 첫 여행지를 파리로 택한 일은 탁월한 선택이었다.

집 떠나온 지 스무날, 아무 일도 일어나지 않았다. 하루라도 내가 없으면 안 될 것 같았던 집, 책임을 맡고 있는 도서관, 집의 아이들, 구순의 우리 아버님 모두 무고하다. 여전히 하늘은 파랗고 나뭇잎들도 반짝반짝 초록이다. 본래부터 파리의 원주민처럼 나도 광장 잔디밭에 스카프 한 장 깔고 누워 책을 읽는다. 바람에 한 귀퉁이가 나풀거리며 펄럭인다. 연인들, 기타 소리, 책을 읽는 중년들. 무엇보다 어느 시선에서도 자유롭다. 이미 602호 '빅톨위고'의 전시장은 문을 닫았다. 세월이 가도 세계 사람들은 대문호 빅톨위고의 이름을 우터르며 찾아온다. 어디서든 진가는 숨어 있어도 빛이 난다. 날이 차가워진 후에야 소나무와 잣나무의 푸른빛이 보인다는 「세한도」가 따로 없다.

다 벗어던지겠다. 무슨 상관이란 말인가. 또 뜬금없이 위대한 작가가 된 양, 뭔 놈의 호연지기가 이렇게 시시각각 발동하는지, 나의 고질병이다. 파리의 에필로그를 쓰기에 가장 적절한 곳 '보주광장'에서 인생이여, 축포를 터뜨려라! 나는 환호하며 춤출 것이다.

파리지엔느Parisienne, 이 여자

거리 창가에 붉은 제라늄 꽃잎이 떨어진다. 카페의 연인들이 손가락으로 톡톡 담뱃재를 떨어뜨리고 있다. 꽃잎은 도로에서 붉고 담뱃불은 입술에서 붉다. 거리에 막 버려진 노란 담배 필터에서는 그들이 하고 싶은 이야기가 질경질 겅 묻어 있다.

프랑스학생들에게 "네 꿈이 뭐니?" 물으면 아무 생각이 없다고 한다. '개념 없는 아이들'이다. 여자 친구하고 올여름 어디로 놀러 갈까만 생각한단다. 국가적 뒷받침이 견고하니 애써 노력하고 고민할 필요가 없다. 대학에서도 리더들만 잘 가르치는 그랑 제콜Grandes Écoles [ɡʁɑ̃d.z‿ekɔl] 수업뿐. 그 몇 명이 국가를 이끌어가게 하면 나라는 잘 돌아간다. 국가 차원에서 국민들 다 교육하고 똑똑해지면 노동운

동밖에 더하겠느냐고 내놓은 복지정치다. 나머지 국민은 모국어 프랑스어만 써도 세계 사람들이 알아서 받들어 모신다. 그들은 쉽게, 그리고 고급스럽게 돈을 번다. 깐 영화제, 파리의 미술, 아를의 사진, 리용의 건축, 여름의 관광객, 전자 IT, 항공우주, 원자력, 철도…. 국민들이 바빠야 할 이유가 없다. 고급 프랑스 요리를 사 먹지 않았는데도 몹시 배가 아프다.

우리는 어떤가. 좁은 땅에서 전투적으로 산다. 출발부터 다르다. 유학 간 한국 사람이 제아무리 똑똑해도 그들은 유학생들을 주류에 끼워주지 않는다. 자기들끼리 다 해먹는다. 유학생들은 언제나 언저리에 머물게 한다. 열심히만 하면 그 부류에 들어갈 것으로 생각하지만, 이민 2~3세대쯤이라야 겨우 파리시민이 된다. 그래도 근본의 꼬리표는 유색이다. 조상 잘 만난 프랑스 학생들이 부럽기까지 하다.

여행, 힘과 돈의 소비인가. 문화의 생산일까. 여기는 파리다. 왜 모두가 똑같이 살아야 하는가. 군중 속의 고독, 대도시, 인간 소외 현상, 한 방향으로 밖을 보고, 유명인사가 하는 것을 똑같이 따라 하기가 가치가 되는 곳, 조그만 그림 액자 속의 「모나리자」가 전 국민을 먹여 살리는 나라에 우리나라 여학생들이 무리 지어 걸어간다. 잠자리 선글라스에 핫팬츠 스마트폰 고급브랜드가방 예쁜 얼굴화장, 흡사 명품광고를 찍는 모습이다. 20~30대에 뤼비통 가방 메고 다니면, 나이 들어 무엇을 메고 다닐까. 걱정도 팔자다. 나처럼 어깨에 힘이 빠지면 가볍게 에코백 들고 다니지.

파리는 선택의 자유가 곳곳에 보인다. 계절과 상관없는 패션에 잔디만 보이면 벌러덩 드러눕는 모습이 낯설다. 유대인 거리라는 마레지구의 먹자골목을 찾아가는데, 그곳의 비릿한 밤꽃향기가 음습하다. 나는 발가락이 오그라들며 발걸음이 빨라지는데 남편은 외려 느긋하다. 게이든 바이든 그들 '성 소수자'들에 대한 편견이 없단다. 나 혼자 촌스럽게 머리카락 쭈뼛거리며 걸음을 재촉한다.

거리음식 케밥(아랍어 ; 케밥 كباب)을 받아들고 어색하다. 그들은 우중충한 벽 쪽에 붙어 서서 우적우적 잘도 먹는다. 나는 아무래도 아랫목 방바닥처럼 퍼질러 앉아야 넘어간다. 개다리소반은 없을지라도, 옆에 물병도 놓고 무릎 위에 냅킨도 얹어야 한다. 당연히 제라늄이 소복한 창가 밑이어야 한다. 아무리 동가식서가숙할지라도 나는 동방예의지국 대한민국에서 순방 나온 안방마님이시다.

마지막 매트로metro를 타려고 사람들이 플랫폼에 꽉 찼다. 건너편에 딱 한 사람의 청년이 남았다. 기타를 치면서 유유히 노래한다. 그 표정, 그의 앞에 동전을 넣어주어야 할 모자도 없다. 더구나 건너편으로 던질 거리도 아니다. 그런데도 즉흥적인 포퍼먼스에 잠시 스치는 관객들이 "와우~" "와와~!" 환호와 박수, 그리고 에펠 타워 불꽃 쇼에 파리의 밤은 저물고 있다.

어디든 밥솥이 있다는 것은 일상이다. 밥솥이 있으면 국이 있어야 하고, 김치가 있어야 한다는 암시다. 접시 하나면 끝날 식사에 한정식은 반상기세트로 토지신을 모시는 정착이다. 절대로 집시가 되어 유랑할 수 없다. 나와 남편 사이에는 '쿠쿠' 소리 나는 부부유별 '웬수'같은 밥솥이 있다.

우리가 머물던 스튜디오의 마지막 날이다. 알람이 없이도 일찍 눈이 떠졌다. 시차가 자동으로 돌아온다. 아침부터 대청소했다. 물론 집의 임대료를 지급하고 혹시나 모를 위약금도 선 입금했다. 그런데도 고맙다. 나는 내가 사는 공간을 송두리째 누구에게 내어줄 수 있을까. 침실 거실 주방 욕실 그리고 그들이 읽은 책이 꽂혀있는 서가, 그 갈피갈피 그들이 추구하는 생활의 흔적들이 고스란히 보인다. 내 공간을 남에게 오픈할 수 있는 그런 생활을 하고 싶다. 그러려면 삶이 단순해야 한다. 당장이라도 큰 가방 하나 싸면 떠날 수 있는 단출함. 그래서 프랑스 연인들은 어제저녁 불타는 사랑을 나누고 오늘 아침, 느닷없이 "안녕, 파리"라며 영영 떠날 수 있는 것은 아닌지. 나 같은 사람은 구석구석 내 게으름의 치부를 누구에게도 보여줄 수 없어 단 사흘도 혼자 집을 떠나지 못한다. 일상의 흔적을 정리할 시간이 평생 나의 발목을 붙잡는다.

나는 '파리지엔느Parisienne'의 시크한 스타일은 못된다. 세련되고 멋진 분위기가 물씬한 방돔광장 매장을 순회 중이다. 프랑스 자수 집 앞에서 눈길이 멈췄다. 그때 문득, 내 입에서 새어나오는 신음소리 "바보!" 간이 생기다 말았다. 식탁보, 식탁 매트, 침대 커버, 베개 커버, 와인 잔 두 개, 그것을 현지에서 사서 우아하게 사용하고 한국에 가져오면 될 것을. 돌아와서 평생 추억을 깔고 베고 마시며 살 것을. 남의 나라에서 구차하게 식탁 위에 비닐 깔고 유리잔이 깨질까 봐 건배도 제대로 하지 못하며 절절매던 꼬락서니라니. 기필코 파리에 다시 간다면…, 찰찰 넘치는 낭만 자락을 내 몸이 닿는 곳곳에 펼칠 것이다.

　돌아오는 날, 드골공항까지 버스를 네 번 바꿔 탔다. 무거운 여행 가방을 들어 올리고 들어 내리면서 공항버스도 탔다. 픽업을 마다하고 한번 해보자는 남편의 객기가 발동한 것이다. 그럴 때, 나는 남편과 시차가 맞지 않는다. 본인은 성공신화라도 이룬 듯 뿌듯해하지만 나는 그쯤에서 지구의 반대 방향으로 떠나고 싶다. 그래도 훗날 좌충우돌하던 우리 부부에게 여행은 소중한 자산이 될 것이다.

어젯밤에 당신이 한 짓을 나는 안다
— 라자스탄의 밤하늘, 인디아

'데저트 보이Desert Boy', 이름이 예쁜 게스트하우스에 도착
했다. 성안에는 인력거인 릭샤rickshaw가 들어가지 못해 무
거운 짐을 지고 꼬불꼬불 미로 같은 골목길에서 찾았다. 뭐
라고 할까. 크기를 말하려는 것이 아니다. 자이살메르 성안
에서는 숙박요금이 가장 비싼 방이다. 천여 년의 세월이 벽
돌로 부서져 내리는 집, 황금빛의 석양이 파노라마처럼 펼
쳐져 전망이 사람을 홀리는 방이다. 방안의 소품 또한 고풍
스럽다. 아라비안나이트의 무대처럼 성안에는 지금까지 사
람이 살고 있다. 그 성, 그 집, 그 방에서 나는 무굴제국의
여왕이다. 그랬다, 언뜻 그랬다.

난방, 아예 안 된다. 따뜻한 물, 찔찔 흐르다 만다. 이틀

동안 기차를 타고 왔으니 눈뜨고도 쓰러질 판이다. 비몽사몽 졸고 있는데 남편의 목소리가 크게 들렸다. 덮을 것을 한 장 더 달라고 요구했던 모양이다. 그런데 그 이불이 문제다. 남편은 "이게 누더기지 사람이 덮을 거냐?"라고 따지고, 종업원은 "베리 나이스"라고 우겼다. 나는 옷을 많이 껴입었으니 괜찮다고 했다. "이것들이, 베리 나이스를 보질 못했나?" 남편은 분을 이기지 못하고 씩씩거렸다. 내 눈에도 분명히 구멍이 숭숭 뚫린 누더기였다.

다음날 밤, 라자스탄 사막에서 달을 보며 알았다. 그 정도면 '베리 나이스' 맞다. 아니 '베리 베리, 나이스 나이스'다. 방 안의 도마뱀이, 생쥐가, 길거리의 동작 빠른 원숭이가, 골목에서 꿀꿀거리는 돼지와 쓰레기더미를 뒤지는 뿔 달린 소가 앞길을 가로막는 것이 겁나지 않는다. 낙타와 코끼리도 무섭지 않다. 그것들은 적어도 내 몸에 맨살로 달라붙지는 않는다. 가장 무서운 것은 베리 나이스 담요에서 서식하는 이다. 갑자기 머리가 가렵고 온몸이 근질거린다. 아무 소리 말고 꽁꽁 싸매고 자자. 뜨거운 물을 페트병에 담아 발치에 두고, 등과 배 그리고 양쪽 발바닥에 핫 패드를 붙였다.

얼마나 시간이 흘렀을까. 나는 남편 옆에 꼭 붙어서 잤다. 남편도 내 옆에 붙어서 새우잠을 자는데 숨소리가 고르지 않다. 가파른 산등성을 오른다. 이 상황에도 아내 생각이 나다니…. 남편의 품으로 파고들어 팔베개를 베었다. 숨소리가 점점 빨라진다. 방도 추운데 못 이기는 척 안겨주자. 더 다가가 밀착을 하는데, 이 무슨 짓일까. 남편이 갑자기 달려들어 내 목을 조르는 것이 아닌가. 밀쳐내며 빠져나오려고 발버둥 치니 더욱더 힘을 준다. 서로 있는 힘을 다해 전투가 벌어졌다. 그는 잠결이고 나는 맨 정신이니 내가 두들겨 패 깨웠다.

방안에 열 명의 도둑이 들었다고 한다. 다 도망가고 세 명이 남았는데 그중 한 명을 붙잡았다고 의기양양하다. 그 붙잡힌 한 명은 자다가 불시에 봉변을 당한 자신의 아내이다. 나도 방금, 파키스탄 접경지대에서 내란 군을 5층 창가로 밀어냈다. 혹시, 떨어져서 다쳤을까 봐 내다보지도 못하고 탁자 밑으로 숨다가 꿈에서 깨어났다. 이 사람도 강한 척 내색을 안 해 그렇지 많이 긴장하고 있구나 생각하니 가엽다.

사람들은 우리를 부러워한다. 부부가 그것도 나이 든 부부가 척박한 인도를 자유여행이라니 존경스럽단다. 나는 "낮에는 보호를 받지만, 밤에는 목숨을 지킨다."며 어젯밤의 꿈 이야기를 해줬다. 어느 분이 장난기가 동하여 "아마, 본심이었을 것이다."고 놀린다. 아무리 그래도 그렇지 일부러 그런 것은 분명히 아닐 것이라고 했더니, "오늘 밤, 쥐도 새도 모르게 사막에 묻어버려라."고 말한다. 매일 극한 상황들과 맞닥뜨리니 말도 꿈도 오가는 농담도 극한이다.

낙타를 타고 사막으로 들어갔다. 사람이고 동물이고 한번 코 꿰면 끝이다. 힘의 지배를 받는다. 집채만 한 낙타도 열 살 남짓 소년 앞에 꼼짝없이 넙죽 꿇어앉는다. 10cm의 코뚜레를 잡아당기면 금세 노예가 된다. 모름지기, 다리가 있는 것들은 코뚜레를 못 끼도록 도도하게 콧대를 높여야 한다.

캠프파이어를 했다. 닭 바비큐가 익고 감자가 익고 이야기가 익는다. 사막 사파리를 위해 현지에서 만난 다 한국 사람들이다. 대부분 대학생과 신혼부부다. 신혼부부처럼 보이지만, 나중에 알고 보면 절친 남녀 사이다. 그날, 그곳에서 실제 부부는 우리 둘뿐이다. 서양 사람들은 함께 자유여행하는 부부가 많은데 우리나라 사람들은 특징이 있다.

동방예의지국으로 '남녀유별'이다. 실컷 같이 살다가 오십 대쯤 되면 남자는 남자끼리 골프여행, 여자는 여자끼리 패키지여행으로 분리한다. 참으로 이상한데 그들은 오히려 우리를 이상하게 여긴다. 어쩌다 부부가 함께 여행하게 되었느냐며 매우 가엾게 보는 이도 있다. 그래도 부부가 여행하면 잠자리는 편안하다. 거꾸로 자든 바로 자든 코를 골든 이빨을 갈든 룸메이트에 대한 갈등이 없다. 물른 나야 자다가 졸지에 목을 졸리기도 하니 경우가 다르기는 하다.

어느 누가, 부모 나이 벌의 노티를 좋아할까. 괜히 눈치 없이 젊은 사람들 틈에 끼어 한마디 거들었다가는 전갈취급을 받는다. 저 사람들은 저 나이에 왜 이런 데 와서 물을 버리나 하는 눈총이 따갑다. 더구나 'ㅇㅇ똥은 거도 안 먹는다.'는 직업이니 꼰대 티가 비치면 낭패다. 비싼- 비행기 타고 와서 재수 없는 'ㅇㅇ'소리 안 들으려면 식당이나 길거리에서 대놓고 담뱃재를 터는 여학생이 보여도 슬그머니 피해줘야 한다. 혼자 여행하는 환경이 열악하니, 든든한 지기 파트너를 만나 뽀뽀하더라도 못 본 척 얼른 선글라스를 껴야 한다.

나는 항상 눈치 없는 남편을 단속하느라 바쁘다. 서로 눈빛을 교환하며 단호하게 "가요!" 그들 눈앞에 안 뜨이는 쪽으로 가 멀찌감치 뒤돌아 앉는다. 그래도 나의 감지 안테나는 성능이 좋아 말소리가 다 들린다. 온기를 주던 불꽃마저 사그라지자 잿빛 시간이다. 끼리끼리 둘러앉아 오가는 말은 민망을 넘어 적나라하다. 그곳은 척박한 인도의 사막이다. 더구나 밤이 아닌가. 집도 절도 천막도 없다. 물론 베리나이스의 누더기 이불도 없다. 있는 거라고는 몇 팀의 여행객과 모래, 그리고 하늘에 별만 가득하다.

남편과 나는 별을 봤다. 태초의 빛깔이 이럴까? 사방이 '검을 현'이다. 별이 쏟아진다, 아니 별이 쏟아졌다. 별빛이 우리 눈을 손을 발을 마음속을 다 비춘다. 우리가 저들 나이라면 '저 별은 나의 별, 저 별은 너의 별' 별 노래를 불렀을까. 그러나 남편과 나는 굳이 어떤 말을 할 필요가 없다. 우리가 그곳, 그 시간에 같이 있다는 사실 하나만으로도 감동이 묵언이다. 한 무리의 친구들이 건배하는가 싶더니 "콩그레츄레이션~ 콩그레츄레이션~♬" 손뼉 치며 노래한다. 그래, 청춘은 참 좋다. 무슨 축하일까? 경쾌한 노래 끝나니, 여기저기 하늘을 이불삼아 자는 척 잠잠하던 사람들도 환호한다.

라자스탄의 별빛과 함께 축하라니, 꽤 괜찮다. 분위기에 젖어 남편 손을 꼬~옥 잡다가 나는 소스라치게 놀랐다. "어머! 어머! 여보, 여보…." 전갈도 이도 아니다. "당신은 알고 있었지?" 정말 미안하다. 어제가 남편의 생일이었다. 별 이름이라고는 북두칠성밖에 모르니 내 눈에는 빛이 사위어가는 북두칠성만 어리어 보인다. 동짓달 스무 나흘날, 하현달이 새벽녘에 내게로 비쳤다. 남편을 내게로 보내줬다. 근데, 아니 어떻게 그걸 까먹지. 그를 안지 37년 만에 짝지의 생일을 까마득히 까먹었다.

목 졸릴 사유가 충분하다. 콧대를 낮추자. 살려준 것에 감사하며 모래 속에 파묻는 것은 일단 보류하자. 날이 밝으면 사막 위에 발자국을 남기자. 내 마음속의 영원한 소년, 데저트 보이와 나란히 인도를 걷자.

체크인, 체크아웃

결국은 사람이 하는 일이다. 모든 건 사람에게 물으면 다 된다. 언어의 장벽? 언어가 뭐 그리 중요한가. 베를린 장벽도 작은 망치 하나로 무너졌다. 길에 다니는 인도 사람들은 모른다. 그렇다면 어찌하겠는가. 그들 방식대로 찾고 계산하도록 맡기고 여행객은 그들만 관리하면 된다. 우리는 지갑을 열, 손님이다. 모로 가도 서울만 가면 되는 곳, 여기는 인도다.

인터넷 카페를 찾고 있었다. 숙소를 예약한 증서를 노트북에 담아왔다. 정보들이 컴퓨터 안에 있으니 서류를 보여주려면 인터넷이 연결되어야 한다. 한국에서는 그랬다. "인도가 얼마나 IT산업이 발달했는데…" 남편은 서류와 기계를 믿는다. 그건 일부 도시 일부 층의 이야기다. 우리가 무슨 외교통상부 파견근무를 나온 사람들인가. 이곳은 하루 일용할 양식 짜이Chai 한 잔과 로띠Roti 빵 한 개가 필요한 삶의 현장이다.

나도 알파벳 정도는 읽지만, 나도 돋보기는 있지만, 이렇게 침낭까지 짊어지고 동서남북을 쫓아다니다 보면 눈치만 백단으로 는다. 궁하면 통하게 되어 있다. 늘 시기가 문제다. 꼭 쓰러지기 일보 직전에야 보인다. "여보, 여기가 인터넷카페다." 힌디어로 쓰인 간판이나 지도가 무슨 소용인가. 나의 능력은 하나다. 어디서 본 듯한 아련한 풍경이다. 초가집들이 많았던 나의 고향 포천사람들의 표정과 말씨와 눈빛이다. 그 눈빛 속에 상대가 무얼 말하려는지, 무엇을 하고 싶은지, 무엇 때문에 화가 났는지, 다 보인다.

인도에 서류를 출력해 갔다고 치자. 5성급 7성급 고급 호텔이라면 몰라도 극기 훈련 차원의 배낭 여행객에게는 백지문서나 마찬가지다. 인쇄된 종이쪼가리 사본보다 자신들 눈앞에서 손으로 꾹꾹 눌러 쓰는 기록만을 믿는다. 우리가 어느 나라에서 왔으며 어제 머물렀던 주소는 어디였는지 일일이 적어야 한다. 한 사람 것만 적고 'ㅇㅇ외 1명'은 안 된다. 성과 이름만 다를 뿐 여행 목적이 같은 부부인데도, 위의 내용을 반복해서 적으라고 한다. 그때 남편과 게스트하우스 직원의 오가는 눈빛은 대치상태다. 서로 이념과 종교가 다른 국경지대의 힌디와 이슬람권 정부요원들 같다. 짐꾼, 심부름하는 아이, 집주인 옆에 어슬렁거리는 개도 소도 쥐도 참관인이 된다. 순간순간 재빠르게 호기심과 경멸의 눈길이 스친다.

나는 아예 퍼질러 앉아서 구경한다. 무심한 표정으로 말 못하고 글 모르는 천치 바보 멍청한 여편네의 전형적인 모습이다. 손가락 하나 까딱 않고 그들을 빤히 쳐다만 본다. 남편은 그들이 원하는 문서를 적는다. 가늘게 내리깐 눈과 한일자의 꾹 다문 입, 압도적인 분위기에 나 같은 건 쫓아 들어왔는지조차 신경도 안 쓴다. 안중에도 없다. 그들 눈에는 오로지 남편의 기갈에 눌려 사는 힘없는 한국 아낙이 한심하게 보일 것이다. 그 정적의 시간이 지나면 나의 남편은 달마상의 너그러운 표정으로 내 앞에 온다. 크기가 화판만 한 숙박서류를 어부인 앞에 공손하게 내려놓는다. 나는 천천히 우아하게 여왕이 된다. '류창희' 내 이름 석 자를 한 획 한 획 전각하듯 사인한다. 관음보살의 미소와 함께 드디어 체크인된 것이다.

그때부터 나는 나선다. 기품 있는 목소리로 "이리 오너라!" 호령한다. 그래, 내 말 좀 들어 보시게. 카피 한 장이면 될 일을 이게 무슨 불편한 짓이람. 언제 이런 번거로움을 개선할래? 그건 기계적인 일이니 그렇다 치고, 자네들이 손님을 대하는 태도가 문제다. 우리가 그런 시스템을 가동할 수 없으니 "죄송하지만 이렇게 해주십시오." 친절하게 하면 좀 좋아. 꼭 잘못한 아이 나무라듯 범법자 문초하듯 고자세로 나오면 듣는 사람이 기분이 좋으냐, 나쁘냐? 묻고 또 묻는다. 그리고 알아들었으면 "대답해라, 오바!" 단호하게 다그친다.

나는 단락마다 또박또박 하나하나 짚어가며 한 가지 설명이 끝날 때마다 후렴처럼 대답해라, 오바! 를 요구한다. 그럼 젊은 남자 매니저도 올드보이 주인도 "노프라블럼" "예스" "OK" 복창한다. 남편은 그게 또 못마땅하다. "이것들은 손님이 왕인 걸 모르나." 오케이는 내가 오케이 해야 하는데…, 뭐가 오케이냐며 언성이 높다.

종업원들은 슬슬 남편 눈치를 보며 피해 다닌다. 오가며 나와 눈이 마주치면 남편 몰래 슬쩍슬쩍 엄지손가락을 치켜든다. 나 혼자 지나다 마주치면 "헬로우 마담, 베리 나이스 패션!” “헬로우 마담, 뷰티플 스마일!”이라며 친근한 관심을 표한다. 그리고 하루나 길게는 일주일을 머물어도 남편 옆에 꼭 붙어 있는 나에게는 눈길 한번 안 준다. 떠나는 날, 숙박료를 내는 사무적인 일이 다 끝나면 처음에 그랬던 것처럼 종업원까지 서너 명이 또 둘러선다. 그때야 나를 보고 아쉬운 듯, “굿바이” 인사하며 내가 하던 말투, (나는 영어는 한마디도 안 했다. 힌디어도 한 적이 없다. 언제나 또박또박 한국말로 한다. 그래도 그들은 모국어처럼 찰떡같이 알아듣는다.) 내가 하던 몸짓을 그대로 흉내 내며 “이리 오너라~” “대답해라, 오바!” 오케이! 노프라범 또 즐겁다. 자이살메르에서도 카주라호에서도 아그라에서도 바라나시에서도 지역과 숙소의 크기와 주인은 달라도 내게 한 결같이 그렇게들 우정의 악수를 청한다. 나는 흔쾌히 그들의 손을 맞잡아준다. 남편은 또 펄펄펄, 펄쩍 뛴다. 인도남자와의 신체접촉은 성추행이라며 붉으락푸르락 흥분한다.

남편은 냉철한 이성으로 숫자를 지켜야 하고, 나는 온화한 마음으로 감성을 지켜야 한다. 우리 부부의 인사이드 경제와 아웃사이드 외교로 나뉜 역할이다. 어쩌랴, 열이 머리 끝까지 쳐 올라가도 이미 체크 아웃되었다.

고흐의 환생

– 남프랑스 아를

비가 내린다. 캠핑장으로 돌아와 밥을 하는데 점점 주룩주룩 내린다.

오늘 아를의 '별이 빛나는 밤에'의 배경 지를 시작으로 여기저기 흩어져 있는 '해바라기' '노란 집' '정신병원' '여름 정원' '도개교'까지 고흐의 발자취를 쫓아다녔다 발목이 부러질 것같이 아팠다. 이런 날은 설익은 밥을 먹어도 쌀이 없어 인스턴트 누룽지에 뜨거운 물을 부어 먹어도, 떡에 꿀을 바르지 않아도 꿀떡꿀떡 잘 넘어갈 것 같았다 금방 뜸들이 마친 밥솥을 열어 스테이크 한 조각 굽고 양상추와 오이를 썰어 쌈장 얹어 목젖이 다 보이도록 폭풍흡입 하는 중이다. 종일 비질 비질하듯 비를 맞고 다닌 꽃송이 원피스의 낭만과 벗어 놓은 고무줄 낡은 속옷이 나른하게 텐트 안에 널브러져 있다.

빗줄기가 거세지는가 싶더니, 천둥 번개까지 요란하다. 설거지통 버너 밥솥 물통…, 대충 끌어다 텐트 안에 들여놓고, 요가자세로 가부좌 틀고 앉아 밥을 먹는데, 이게 무슨 일인가. 텐트 바닥이 올록볼록 두더지 머리처럼 살아 움직인다. 텐트 자체가 공중부양 하려는지 둥둥 뜬다. 하필이면 우리가 친 텐트 밑이 바로 물꼬다. 한쪽으로 짐들을 밀어붙이니 다른 한쪽이 불룩하게 솟는다. 나는 물 풍선효과가 재미있어 "어머머!"라며 손뼉 쳤다.

남편이 벌떡 일어나 어디론가 나간다. 잠시 후, 야영장을 관리하는 장정 서너 명이 들이닥쳤다. 그중 매니저인 듯 보이는 남자가 한 손은 반바지 주머니에 다른 한 손은 담배를 꼬나물고 "노프라뱀!" 턱으로 하늘을 가리킨다. 남편은 그의 거만한 태도에 화가 났다. 장소를 바꿔 달라. 너희가 유색有色인이라고 일부러 조건이 안 좋은 곳을 빌려주는 바람에 우리가 이렇게 되었다며 목소리를 높인다. (사실 유럽 곳곳에서 아닌 척, 은근히 차별을 받는다.) 프랑스 남자는 "노프라뱀!" 자기네 잘못이 아니라는 몸짓으로 다시 어깨를 으쓱

하며 또 하늘을 쳐다본다.

야영장의 물이 온통 우리 쪽으로 흐른다. 삽시간에 도랑이다. 물의 본성은 낮은 곳으로 흐른다. 아직 떠내려간 것도 텐트 안이 젖은 것도 아니니 기다리면 그칠 것이라는 말이다. 유럽인, 그들은 뼈대가 말馬처럼 뻣뻣하다. 우리처럼 쓸개와 창자를 빼놓고 고개와 허리를 숙이며 공손하게 손님의 비위를 맞추지 않는다. 남편은 야영장 잔디 바닥을 맨발로 뛰어다니며, 지금 우리 텐트 안은 "스위밍풀이다."라고 크게 소리쳤다. 때마침, '번쩍, 우르르 쾅쾅!' 천둥과 번개가 CCTV를 찍는다. 나는 입안에 미처 넘어가지 못한 밥을 우물거리며 "여보, 아직 수영장 정도는 아녜요." 남편은 어쩜 나 때문에 더 화가 났을 것이다.

이곳은 남프랑스, 프로방스지역 아를이다. 아를에서 아는 사람이라고는 오로지 미친 듯이 광기를 휘두르며 살다 간, 화가 '에스파스 반 고흐'뿐이다. 나는 금방이라도 귀를 자를 것처럼 펄펄 뛰는 남편의 편을 들었어야 했다.

유럽 사람들은 길거리에서 목소리 높이며 화내지 않는다. 그들은 부당하면 우리처럼 큰소리로 따지거나 멱살 잡지 않고, 조용히 경찰을 부른다. 우리 집 남정네만 막무가내

로 "야! 이놈아, 우린 돈을 낸 손님이야." 그 기세가 얼마나
사나운지 장대같이 퍼붓던 빗줄기마저 슬그머니 가늘어졌
다.

"야! 이놈아, 손님이 왕인 것 몰라?" 그러나 어쩌랴? 그들
은 모른다. 그들이 오라고 하지 않았다. 우리가 잠잘 곳이
필요해서 찾은 곳이다. 수요와 공급만 있을 뿐이다. 나는
살살 웃으며 남편 손에 든 젓가락부터 빼앗았다. "저 사람
들은 우리나라 젓가락을 무기로 봐요." 남편의 물에 젖은
샌들을 발 앞에 놓으며 "여보, 품위를 지키세요." 주위 사람
들이 우리를 신고할까 봐 겁이 났다. "김치 먹은 놈이, 절대
고기 먹은 놈 못 당해요." 그들이 우리말을 알아듣지 못하
니, 나는 상냥하게 웃는 얼굴로 남편 옆에서 다정한 듯 속삭
였다.

한번 터진 봇물은 그칠 줄 모른다. 아주 익숙한 광경이다.
잠시 이곳은 목소리 큰 사람이 이기고 나이가 벼슬인 나라
한국이다. 텐트 안이 순식간에 1인 독방이다. 우리는 싸움
구경이 으뜸인데, 이들은 남의 일에 절대 참견 안 한다. 앞
동 텐트 차일 앞 식탁에서 밥을 먹던 프랑스 가족은 얼른
일어나 들어간다. 아이들이 호기심으로 빼꼼 내다보니, 어

미가 아이들 눈을 가리며 텐트 지퍼를 내려버린다. 넓은 야영장 안에 우리 부부만 왕따 당했다.

아~, 섬이 따로 없다. '꼼작 마라.' 대적하는 중인데, 이럴 때 이곳 야영장에서 우리 텐트 평수가 가장 넓다. 유럽에서는 큰 것이 먹어준다며 남편은 원터치 작은 것을 마다하고 한국에서 큰 사이즈를 사왔다. 프랑스 남자가 어디다 급히 전화하니, 교회의 부흥회도 아닌데 할머니와 며느리 그 집 아들까지 총동원했다. 타고 온 차에 텐트도 실려 있고, 매트리스도 실려 있고, 또 다른 장정도 서넛 더 왔다. 자기들의 텐트를 쳐서 우선 대피해 있으라 하고, 남편은 너희 것은 더러워서 안 쓴다고 맞섰다. 여인들은 나에게 호텔 비를 줄 테니 철수하라고 한다. 그러나 나의 남편은 한 발자국도 물러서지 않는다. 꼭 평평한 다른 곳으로 옮겨달라고 버티고 있다.

사실 어디가 어디인 줄 알고 처음 온 나라에서 빗속에 숙소를 옮기겠는가. 한참 후, 프랑스 남자가 남편을 보고 따라오라 한다. 새 터를 보여주고 'OK' 한 모양이다. 언제 비가 왔었느냐는 듯 그새 비는 그치고, 저녁 햇살까지 선명하다. 그래도 한국 사람에게는 오기라는 것이 있다. 본때를 보여주려는 것이다. 나는 민망하여 커다란 이민 가방 안에 주섬주섬 이삿짐을 넣으려는데, 남편이 냅다 소리 지른다. "놔둬!" 쟤네 잘못이니 쟤들이 싸도록 놔두라는 것이다. 그들에게 눌어붙은 밥솥, 김칫국물 묻은 밥공기, 숟가락 젓가락, 쌈장, 고추장, 마늘장아찌…, 전기장판, 베개, 프라이팬, '쿠쿠' 소리 나는 압력밥솥 통 넓은 속 고쟁이…. 평생 한 번도 본 적이 없을 한국의 의식주衣食住 잡동사니를 그들에게 맡겼다.

울지도 웃지도 소곤대지도 소리치지도 못한 체, 나는 속으로 이렇게 말하고 있었다. '― 모·든·것·은·지·나·간·다·―' 한순간에 닫아버린 지성, 감성, 이성, 그것들은 잠시 휴식할 차례다. 나는 그동안 갈고 닦은 나만의 자존심 '교양'을 누가 볼세라 잽싸게 챙겼다. 집 나가 화냥질하던 여편네가 남편에게 붙잡혀 들어가듯, 교양 보따리 하나 끌어안고 그들을 향해 "메르시mɛrsi" 미소 지으며 프랑스 장정들이 새로 친 아를의 텐트 안으로 들어섰다.

압생트absinthe향에 취하지 않았는데도, 이내 고흐의 코 고는 소리가 텐트 안에 우렁차다. 아를은 역시 아름답다. 총총 별이 빛나는 밤이다.

내비아씨의 프로방스

목적지만 있다. 낮에는 자동차가 다니던 도로를 토막토막 막아놓고 축제를 연다. 내비게이션Navigation은 제 본분을 다하느라 퍼포먼스하고 있는 행사장을 뚫고 지나가라 하고, 우리는 때 이른 고추잠자리가 되어 맴맴 돌고 있다.

내가 운전했느냐고? 남편이 운전대를 잡고 있다. 조수 노릇한다는 것이 운전하는 것보다 더 힘들다. 좌회전 우회전 벗어날까 봐 신경 쓰고, 졸음을 쫓아주며 운전자 비위를 맞춘다는 것. 차라리 내가 운전하는 것이 낫겠다. 운전자는 속도감의 재미와 도착하는 성취감이라도 있지. 이게 무슨 짓인고? 나같이 고품격 에세이스트가 할 짓은 아니다. 내 앞에는 내비 화면과 차간거리, 주행선, 추월선, 앞차 뒤차만 있다. 나는 무제한 배터리가 되어야 한다.

숙소에 도착하면 큰소리치고 짜증내던 그도 힘이 들었던 지, 머리만 바닥에 대면 바로 코를 골며 잔다. 피로가 풀리면 좀 나아질 것이다. 춥다, 몹시 춥다. 야영장에 늦게 들어가면 전기를 쓸 수 없다. 전기가 없으면 전기밥솥도 전기포트도 전기장판도 쓸 수 없다. 하나밖에 없는 슬리핑백에 혼자 들어가며, 나의 안위만 걱정한다. 자신에게 최면을 건다. '이 남자 아프면 안 되는데…, 아마 그래도 견딜 수 있을 거야. 내가 아프면 더 골치 아프지.' 나의 이기심을 슬리핑백 속에 넣어 데운다. '별 하나, 나 하나' 별 둘도 세지 못하고 나도 곯아떨어졌다.

유럽 사람들은 개인주의가 그렇게도 발달했다면서 자동차 유리만은 썬팅을 안 한다. 길가에 차를 세워놓아도 남의 시선에 노출된다. 안이 훤히 들여다보여 할 짓이 아니다. 잠시 의자 젖히고 다리 치켜 올려놓고 휴식의 자유도 없다. 우리 부부야 누가 줍어다 쓸 만큼의 소용도 안 되는 물건이지만, 차 안에 들어 있는 당장 필요한 소지품이 문제다. 왜 유럽인들이 지하주차장을 선호하는지 알 것 같다. 내비게이션 거치대는 물론 가져갈 것이 없으면, 운전대도 뽑아간다. 이런 날, 내 뱃구레는 눈치 없이 더 꼬르륵 거린다. 마신

것도 없는데 소변도 참을 수 없다. 휘발유와 경유의 기름을 바꿔 넣은 것처럼 부부 사이 또한 코드가 맞지 않는 날이다.

빙글빙글 동그란 로터리를 몇 바퀴 돌아 시내만 들어서면 참았던 발가락에서 쥐가 난다. 마음속으로 얼마나 브레이크를 밟았던지, 급기야 오른쪽 샌들 끈이 끊어졌다. 절뚝거린다. 남편은 나의 엄살 섞인 그 꼴이 또 보기 싫다. "옆에서 뭘 했다고 생색을 내느냐?"는 타박이다. 한국에서처럼 매양 잔소리하지는 않았지만, 한순간도 남편의 운전대에서 눈을 뗄 수 없었다. 투에서 돌아 나와야 하는데, 쓰리에서 벗어 나오면, 숨을 참고 긴장하고 있다가 "아구!" 또는 "에이~, 후유~" 감탄과 탄식만 토해냈다. 남편은 "나는, 안 보인다!" 라며 버럭 소리 지른다. 모르거나 순간을 놓친 거지 분명히 보이지 않은 것은 아니다. 나나 남편이나 같은 해에 태어나 같은 속도로 노안老眼을 맞이하고 있다.

앙시와 꼬모를 거쳐 알프스 쪽 터널을 나왔는데, 내비가 첫 번째 로터리로 빠져나가라고 미친 듯이 열을 받는다. 그러더니 한동안 말이 없다. 시키는 대로 하지 않아 서운이야 하였겠지만, 한마디 귀띔도 없이 죽어버렸다. 내비는 나의 '눈'이다. 내비는 나의 '귀'다. 눈을 감고 귀를 닫고 한 동네,

한 블록도 벗어날 수 없다. 우리는 아직 이탈리아에서 스위스를 거쳐 독일로 들어가 자동차를 반납해야 한다. 일정은 단 3일, 사흘 남았다.

유럽에서 가장 인기 좋다는 '톰톰' 내비게이션을 샀다. 말도 글도 지리도 모르는데 내비게이션을 사기는 어디 쉬웠겠는가. 새로 산 내비를 설치하고 출발했는데 또 말썽이다. 진행방향 화살표가 거꾸로 돌진한다. 한참을 달려도 내비는 앞을 향하지 못하고 우리에게 곤두박질이다. 다시 돌아가 바꾸려니 우리가 내비를 샀던 밀라노 어디쯤의 대형할인점을 찾지 못하겠다. 한 시간 넘게 돌아, 돌아 겨우 찾기는 찾았는데 주차장도 상점도 헷갈린다. 방향을 맞출 때 우리나라처럼 운전대가 한쪽으로 통일되어있으면 좋으련만. 왼쪽 오른쪽 핸들 방향이 뒤엉켜버린 것이다. 더구나 '톰톰' 이놈은 친절하지 않은 놈이다. 고집불통이다. 아무래도 태생이 내 남편과 동향인가 보다. "턴, 라이트!" 이후, 3시간을 화면에 나타난 길만 보고 달려도 감감 무소식이다. 오죽 답답했으면 뒷자리 가방 속에서 느닷없이 "웰컴 투" 쏼라쏼라 소리를 내겠는가. 어찌나 반갑든지, 가랑머리 소녀 첫사랑의 목소리다. 톰톰내비의 무뚝뚝한 횡포에 반기라도 들 듯,

사근사근한 여자내비가 종알대며 살아났다.

　어느 지인이 말하기를 내비게이션을 '신이 내린 선물'이라 했다. 길이 있는 곳은 어디든 다 안다. 그러나 시키는 대로 간다고 매뉴얼이 다 맞는 것은 아니다. 둘이서 서로 기량 것 자기 목소리를 주장한다. 목소리 큰 거 이기나, 말 많은 것이 이기나. 이것들을 '연놈'으로 싸잡으니 더 말을 안 듣는다. 참다 참다 못 참아 호칭을 바꿨다. 내비'아씨'는 상냥하게 소상하고, 톰톰'도령'은 점잖게 과묵하다. 아주 오래전부터 익숙한 꼭 우리 부부의 모습 같다. 두 선남선녀 중 어느 임을 더 예뻐할 수 있을까. 둘 다 켜고 달린다. 남편은 과학 선생답게 두 기계의 성능을 시험하고, 나는 어느 목소리가 더 다정하고 친절한지 감성을 본다. 톰톰도령은 고속도로로 쌩쌩 달려 가라하고, 종알종알 종알아씨는 라벤더와 해바라기 꽃을 보며 낭만을 즐기라고 시골길로만 안내한다. 남해의 다랑논처럼 다랑이 포도밭과 중세 고성의 뾰족지붕이 레고 블록처럼 나타났다. 생뚱맞게 므슨 말인가, 후유~ 이제야 차 안에서 제대로 밖의 경치가 보인다는 말씀이다. 우리는 지금 라인 강을 따라 굽이굽이 로렐라이 언덕을 오르는 중이다.

옛날부터 전해오는 쓸쓸한 이 말이

가슴속에 그립게도 끝없이 떠오른다

구름 걷힌 하늘 아랜 고요한 라인강

저녁 빛이 찬란하다 로렐라이 언덕♬

프로방스 현지 시각, 저녁 6시 45분을 지나고 있다.

야영장, 낯선 풍경

– 남프랑스 알프스령

비 내린 숲 속의 버섯처럼 금세 몇 동의 작은 텐트들이 자리 잡았다. 이곳은 인터라켄 야영장이다. 이른 저녁을 먹고 인도사람들의 휴양지 마을을 산책하고 나오는 길이었다. 얼마 만에 들리는 한국말인가.

열댓 명의 중년남녀들. 당연히 부부는 아니다. 이태리에서 시작해 이곳 스위스가 일정의 끝이라며 내일 한국으로 돌아간다고 한다. 그들은 여느 여행객들과 달리 일사불란하게 맞잡은 손놀림이 순식간에 텐트 치고, 텐트 걷고 호흡이 척척 맞는다. 유럽 야영장들은 아이들이 있는 가족이거나 부부 또는 연인들로 단출 하다. 우리나라처럼 단체가 몰려다니는 모습은 거의 없다. 야영장에선 대부분 전기를 제공하는데, 그들 일행은 밥솥 프라이팬 포트 등 전기제품이 없어 아무것도 할 수 없다. 우리 밥솥은 2인용이라 도울 방법이 없다. 전기 포트도 물 두 컵용이다. 우리나라 J소도시 지역의 산악자전거 동호회라고 한다. 베르동협곡과 구르동 계곡, 샤모니와 몽블랑을 넘어 산속에서 가스버너를 사용한 가벼운 가스 족이다. 야영장 근처에서 휴대용가스를 구할 수 없으니, 하룻밤 비만 피해 머물고 후딱 떠나는 번갯불이다. 그들은 몸 근육이 근사하다. 그러나 나는 그들의 몸매가 부러운 게 아니다. 가족 외의 사람들과 낭만을 즐기는 그 모습이 마냥 부럽다.

그들은 머물기 위해 정착하는 게 아니라, 자전거 페달 위에 두 발을 얹기 위해 정착한다. 정착의 차원이 다르다. 유명한 곳을 둘러보며 인증샷을 남기고 쇼핑하는 관광객이 아니다. '동호회'라지 않은가. 서로 좋아하는 것을 목적으로 함께하는 그들의 시간이 멋지다. 멋지다고 다가가 치근대면 비루하다. 반가움은 원터치 텐트 접듯 재빠르게 접어야 한다. 그리움에 지치고 울다가 지쳤더라도 고향 까마귀는 잠시 잊자. 아들의 여자 친구 맞이하듯, '어디로부터 오신 뉘신고?' 호기심을 보이면, 참으로 눈치코치에 개념까지 없는 촌스러운 한국인이 된다. 혹, 일주일 전 어느 곳에서 만난 적이 있었더라도 처음 보는 듯이 슬쩍 눈인사만 건네야 한다. 그것이 바로 세련된 글로벌매너다. 하룻밤이 만리장성이라는데 그동안에 새로운 파트너와 동행할 지도 모른다. 굳이 죽기 전에 봐야할 비경이라면 TV로 「세계테마기행」만 봐도 된다. 여행이란, '길 위에서 사람을 만나는 여정'이다. 짐작만 할뿐, 청춘 남녀에게 "신혼여행 오셨어요?" 지대한 관심을 보이면 바로 바리케이드를 친다. 혹여 말문을 텄더라도 여행 장비 이야기나 현지의 에피소드, 내일의 행선지정도의 교통정보 수준이어야 한다. 괜히 사람의 관계에 색안경을 끼면 역광이 반사하여 내친다.

니스로 넘어가는 길, 내비게이션이 외길 용수철이다. 산 그림자 깊은 곳에서 우리가 찾아야할 야영장은 도대체 나타나지 않는다. 나의 심술 통이 거꾸로 매달렸다. 동호인들의 자유분방을 봤기 때문이다. 마음은 조급하고 몸은 피로하다. 서로의 능력을 한탄하며 비아냥거린다. 도로도 딱 차한 대가 비켜갈 비탈길이다. 나는 불안하여 불빛보이는 마을로 가서 농가 민박이라도 찾아보자 하고, 남편은 빨리 니스를 지나 알프스 령을 오르자 한다. 표지판도 가로등도 없다. 그 와중에 한적하고 예쁜 마을이 계속 나타나더니 드디어 양들이 뛰노는 초원이 파노라마다. 콸콸 쏟아지던 심술통도 지쳤는지 시들하다. 문득 '너무'라는 단어가 자막처럼 지나간다. 뜨거운 기운이 목울대까지 차오르더니 대책 없이 눈앞이 물안개다. 그렇다. 너무 아름다워 주체할 길 없이 눈물이 흐른다. 지금 우리 뭐하고 있는가. 그까짓, 날마다 자는 잠자리. 야영장이 없으면 호텔로 가면 되고, 호텔이 없으면 차 안에서 자면 되고….

마음을 내려놓으니 멀리 산자락에 무지개가 떴다. 탄성이 절로 나온다. 풍경 한 번 그윽하게 바라볼 여유 없이 달렸다. 어쩜, 여태까지 살면서 바로 앞에 보이는 무지갯빛 인생을 외면하고, 투덜투덜 남의 떡을 바라보며 입방아를 찧었을지 모른다. 지금처럼 길 모르고 멋모르는 낯선 곳으로 들어가, 강과 산골짜기에서 헤맸을 것이다. 아예 길모퉁이에 자리를 폈다. "오호~!" 내일은 내일의 해가 뜰 것이다. 내일 아침용으로 구입한 바게트 빵과 살라미 체리와 청포도를 차렸다.

길 건너 뾰족지붕 안에서 금발 남정네가 커튼 뒤에 숨어 총부리를 겨누고 있을 지도 모른다. 코높은 그는 낯선 동양인이 몹시 겁날 것이다. 분명하다. 실제 커튼 자락이 미풍에 흔들렸다. '걱정 말아요.' 우리부부는 당신들이 거주하는 고을에서 마음의 평정을 찾았을 뿐이오. 해칠 생각은 조금도 없으니 '우리의 살짝 입맞춤 정도는 모른척하시오.' 어디서 생긴 배짱인지 창문 밖의 로맨스까지 한 자락 펼치려고 한다. "여보야, 아름답다! 여보, 너무 아름답지?" 카메라를 꺼내 들고 여기 저기 셔터를 누르다가 앵글의 초점을 뾰족지붕 밑의 제라늄 꽃 화분이 가득한 창가까지 들이댔다. 그제야 그들도 황급하게 창문을 닫는다. 아~ 아름답다. 남편 앞에 빨강머리 앤의 명랑모드 소녀가 된다. 하늘 햇살 풀과 꽃, 무지개와 삽상한 바람… 어쩌면 모네의 붓끝이 '풀밭위의 식사'로 우리부부를 터치했을지도 모른다.

결국, 우리는 알프스산맥으로 오르지 않고 남편 내편 없이 한편이 되어 마을 쪽으로 내려왔다. 줄지어 하얀 캠핑카들이 보인다. 9시 넘어 옆 캠핑가족의 전등 빛에 의지해 텐트를 쳤다. 초승달을 보고 시작한 행보가 벌써 그믐달이다. 달보다 별빛이 총총 빛나는 밤, 별빛마저 텐트 밖으로 서둘러 나간다. 인생은 잠자는 가운데 발효되고, 잠 깨는 순간, 희망이 솟아오른다.

Innisfree, 그곳

– 아일랜드

왜 하필 아일랜드냐고? 계획이 있었던 것은 아니다. 이름
이 어쩐지 아련하게 슬펐다. 그곳에 가고 싶었다. 여름내
메르스 의심환자로 자가 격리되어 있었다. 사경에서 빠져
나오니, 문득 '지금 아니면 언제?' 벌떡 일어나 영국행 비행
기를 탔다. 부산에서 김포, 김포에서 인천, 인천에서 런던,
런던에서 아일랜드 더블린까지 꼬박 20시간 만에 도착했
다. 더블린에서 작은 자동차 한 대를 렌트하였다.

아일랜드에 도착한 날도 눈물처럼 비가 내렸다. 매일 하
루 한두 차례씩 하늘이 내려앉듯 컴컴해지며 쏟아졌다. 초
록의 지평선과 넓은 하늘에 비해 사람과 차가 지나가는 길
은 구불구불하거나 절벽이다. 온몸이 오므려든다. 운전대
방향은 반대였으며 길은 차 한 대가 서로 겨우 비켜가는

1, 2차선이다.

　"너 때문에 아일랜드에 왔다."고 그가 쏘아붙인다. 나는 '덕분'이라고 말할 줄 알았다. 그래, 나는 무엇 대문에 왔을까. 누구 때문에 여기 왔을까. 문학인가. 사람인가. 도피인가. 객기인가. 여행인가. 관광인가. 정녕, 문학도로서 노벨문학상을 탄 작가가 4명이나 있어서 왔을까. 그럴지도 모르겠다. 예이츠의 고향 이니스프리, 그곳에서 쉬고 싶었다. 내비게이션을 슬라이고에 맞췄다. 평소에 화장기 하나 없는 내가 우리나라 화장품 광고의 메카인 '이니스프리'를 선택한 것은 귀소본능이었을까.

　아일랜드는 길 찾기가 어렵다. 유럽형 톰톰 내비게이션과 태블릿에 내려 받은 GPS Sygic내비를 번갈아 본다. 하나는 시간 위주의 고속도로를 안내하고, 하나는 세세한 지역의 필요 없는 골목까지 안내한다. 두 대가 같이 작동하니 무음으로 설정해도 다른 길이 다 보인다. 뭐든지 새로운 것을 건설하지 않는 아일랜드는 청정지역이다. 대신 좁은 길이 거미줄처럼 두서너 겹으로 얽혀있거나 일방통행도로다. 자칫 잘못 빠져나가면, 부산의 서면 로터리가 아니라 강남의 각 지방으로 가는 고속버스터미널에서 2시간 거리다. 여

태까지 목적지를 눈앞에 놔두고 엉뚱한 곳에서 인생을 헤
맨 꼴이다.

　예이츠의 고향을 찾아가는 길도 그랬다. 유럽에서 농가
민박을 잘못 들어가면 외양간에서 재워준다는 우스갯소리
가 있다. 우리나라처럼 인터넷이 팡팡 터지는 곳도 아니다.
유심칩[SIM]이나 에그Egg를 준비해 오지도 않았다. B&B
주인은 인터넷으로 투숙할 사람의 사진과 직업을 보고 OK
승인을 한다. 그러나 그들은 함부로 집 주소는 정확하게 밝
히지 않는다. 그들은 무려 8백여 년 동안 침략과 수탈을 당
한 민족이다. 예를 들어 부산시 해운대구 마린시티까지만
밝히고 집 그림을 보여준다. 사진에는 창문 네 개에 제라늄
화분이 세 개 있다. 실제로 가보면 화분이 말라죽었거나 일
곱 개로 늘어나 있다. 현지도착 하루 전이나 당일 아침에
어디 어디로 찾아오라는 E메일을 다시 보내온다. 물론 영
어다. 낯선 나라를 여행하면서 어찌 날마다 메일확인과 간
첩처럼 시간 맞춰 접선이 가능하겠는가. 저 푸른 초원 위에
그림 같은 집♬ 앞에는 양과 소와 말들의 천국이다. 정작
길을 알려 줄 사람은 길에 보이지 않는다. 설령 찾았다 하더
라도 무궁화민박이라 해놓고 가보면 로즈민박이다. 동양에

서 오는 유색인종의 사람이 겁나는 건, 어쩌면 당연한 일일
지도 모른다.

슬라이고에 들어서니 비까지 내려 더 서글프다. 찾아가
는 길은 인적도, 앞서 가는 차도 없다. 안개까지 마중 나와
한 치 앞이 다 뿌옇다. 과연, 예이츠의 마을 이니스프리는
나올까?

나 이제 일어나 가리라, 이니스프리로 가리라 / 가서 잔가지 엮
고 진흙 발라 오막살이 하나 지으리 / 아홉 이랑 콩밭 갈고 벌통
하나 마련하여 / 벌이 잉잉대는 숲 속의 빈터에 나 홀로 살리 /
그러면 내게 평화가 방울져 내리며 찾아오겠지 / 아침이 너울 벗을
때부터 귀뚜라미 울음 우는 저녁때까지 / 거기에선 한밤중에도 온
세상이 은은히 빛을 발하고 / 한낮엔 자줏빛 일렁이고, 저녁이면
방울새 날갯짓 가득하지. ~'호수 섬 이니스프리'(중략) -예이츠

나왔다. 몇 날 며칠 몇 개의 찾기 힘든 숙소를 거쳐 고풍
스러운 성 앞, 숲 속의 '캐슬뷰 B & B'에서 아침을 맞고 식
사를 하고 차를 마시면서 이니스프리 섬을 바라보았다. 눈
앞이 온통 아침 햇살의 은빛 물결이다. '그곳에 가고 싶다.'

의 생뚱맞은 지름신이 빚어낸 정경이다. '이미 지난 일은 탓하여 소용없음을 깨달았고 앞으로 바른길을 좇는 것이 옳다는 것을 깨달았다. 내가 인생길을 잘못 들어 헤맨 것은 사실이나 아직은 그리 멀리 벗어나지 않았다'고 말하던 도연명의 귀거래사처럼 지금 이곳, 이니스프리에 왔다.

어쩌면 유토피아는 마음에 있을지도 모른다. 실제로 이니스프리 섬은 사람도 살지 않고 그다지 아름답지도 않다. 우리나라의 산정호수나 청평호수 혹은 남해의 통영도 이니스프리 정도의 아름다움은 다 가지고 있다. 노벨문학상을 탄 예이츠의 시詩 안에 지명이 있기에 사람들은 이니스프리를 꿈꾸는 것이다. 작가가 글을 잘 써야 하는 이유다. 섬 일주를 하는데 선장이 마이크를 잡고 시를 읊으면 유람객들이 '이니스프리로 가리라.' '이니스프리 섬으로 가리라.' 마치, 아리아리랑 쓰리쓰리랑 아라리가 났네♬ 후렴구처럼 함께 읊는다. 그 모습이 정겹다. 나도 몇 편의 시를 프린트해 가지고 갔다. 나는 한편 더 읊는다.

살어리 살어리랏다 / 청산애 살어리랏다 / 멀위랑 다래랑 먹고 /

청산애 살어리랏다 / 얄리얄리 얄랑셩 얄라리 얄라 -청산별곡-

그리하여 아일랜드에서 무엇을 얻었느냐고? 먼 곳부터, 가기 힘든 곳부터 가자. 돈을 더 모아 여유로워지면, 퇴직해서 시간이 많으면, 나중에, 나중에… 나중에 가야지. 정말, '나중'이라는 것이 기다리고 있을까? 어느 누구도 나의 꿈을 기억해주지 않는다. 하고 싶은 그 무엇은 '지금', 여기에 있다. 지금이 가장 적절한 때라는 것을 자신에게 되뇐다.

'내게 하늘나라의 수놓인 천이 있다면 ~중략~ 그대 발아래 그 천을 펼치련만 / 허나 나는 가난하여, 가진 것이라곤 오직 꿈뿐이오니 / 그대 발아래 내 꿈을 펼치니이다 / 사뿐히 즈려밟고 가시옵소서' – '하늘의 천' 예이츠 –

음압시설이 갖춰진 대학병원에서 선별진료를 받으며, 다 태워버리려던 잡동사니들, 그리고 정리하던 나의 잡념들. 나는 그때 아까울 것도 미련도 없었다. 여태까지 가진 것이 너무 많기에 내 안에 내가 너무 많기에 하마터면 메르스의 강에 꿈을 익사당할 뻔했다.

'나 이제 일어나 가리라 / 밤이나 낮이나 내 귓전에 / 호숫가

찰랑이는 물소리 나지막이 들리기에 / 대로 상에서도 잿빛 보도에
서 있을 때도 / 아! 그 소리 언제나 가슴속 깊이 저며 드네.'

호수 섬, 이니스프리 끝 구절을 내 마음의 배경으로 삼는
다. 걸을 수 있으면, 떠날 수 있다. 얄리얄리 얄랑셩 얄라리
얄라! 그전처럼 자나 깨나 애면글면 애쓰지 않고 물 흐르는
대로 살리라. 살아 있다는 것은 찰랑거리는 이니스프리의
물결, 바로 내 숨소리다.

가파른 사랑

– 아일랜드 모허절벽

개선문이 보이는 순간, 탄성을 질렀다. 엽서에서만 보던 그림이 실제로 눈앞에 나타났다. 그러나 세상에 파리의 개선문처럼 멋대가리 없는 풍경이 있을까. 프랑스 사람들이 자랑스럽게 여기는 개선문에 '대가리'라고 붙이는 망발은 심하다. 그만큼 처음 보는 감동이 컸다.

아일랜드에서 웬 파리냐고? 어느 날 문득, '저기 가고 싶다'고 주사의 던지듯 한마디 한다. 남편은 혼자 몇 달 전부터 바쁘다. 나는 내가 하는 일에만 몰두한다. 그럴 때, 이 남자는 약발이 극에 달한다. 참다, 참다 도서관에서 한꺼번에 여행 책을 한 아름 빌려와 공부 좀 하라고 다그친다.

이탈리아로 떠나기 전도 그랬다. 그리스로마신화 1.2권 로마의 역사 등등 몇 권을 읽었다. 나중에는 신들의 이름이

복잡하여 머리가 쇠 수세미처럼 얽혔다. 그냥 '류창희' '김
○○'이라고 하면 될 것을. '아'자만 해도 아가멤논 아낙사
레테 아누비스 아도니스 아레스 아르고스 아르테마스 아리
스토파네스 아리아드네 아마존 아비도스 아이게우스 아이
기스토스 아이스퀼로스 아이아스 아이올로스 아이트라 아
이티오페이아 아울리스 아크로코린토스 아킬레우스 아테
나 아테나이 아티카 아폴론 아프로디테 아피스…, 아, 아,
아…, 아연실색 숨이 넘어갈 판이다. '사랑의 테마로 읽는
신화의 12가지 열쇠'가 나에게는 자물쇠다. 막상 로마에 도
착했을 때는 내가 기억하는 장소와 신의 이름이 다 헷갈렸
다. 여행 내내 나는 역시 머리가 안 된다는 자괴감에 빠졌
다. 책을 많이 읽고 갔던 이탈리아 여행이 여행 중 가장 실
패했던 기억이다.

나는 도시의 이름과 거리위치를 나열해 지리 교과서를
편찬하려고 가는 것이 아니다. 날마다 변하는 그 나라의 환
율이나 버스노선이 들어있는 안내 책자를 낼 정보지를 낼
것도 아니다. 손가락 두드려 나오는 정보는 인터넷 안에 가
득하다. 그래서 나는 행선지에 대해 미리 공부하지 않기로
마음먹었다. 그는 나의 억지가 못마땅하다. 그러나 어쩌랴.

나는 내 느낌이 소중하다.

모허절벽이 그랬다. 그냥 맞닥뜨려 보는 거다. 선입견만큼 감성의 말살은 없다. 지식이 얕을지라도 나는 내 눈에 보이는 만큼만 느낄 것이다. 첫 느낌을 학습 당하는 것은 테러다. 어디든 갔다 와야 뒤늦게 관심 갖고 그곳을 보기 시작한다. 사람도 그렇다. 짝지와 7년간 연애하면서 점점 매력에 빠져들었다. 가고 싶은 나라도 첫 느낌어 맡기고 싶다. 어디든 누구든 사람 사는 곳은 다 비슷비슷하다. 먹고 잘 곳은 다 있다. 그곳에서 그들의 문화를 눈치껏 어렵사리 더듬더듬 경험해보는 거다. 우리의 인생이 연습이 없듯, 발길 닿는 대로의 여행이 맞고 틀리고의 정답이 없다. 가슴 뭉클했던 풍경과 사람들을 떠올리며 다녀온 곳을 추억한다.

내가 만약 영화 '라이언의 딸'을 먼저 보고 갔더라면, 아름다운 풍경 앞에서 영화감독 '데이비드 린'의 눈으로 보았을 것이다. 물론 그래서 놓치는 부분도 많다. "아, 저기 가면 저것 봐야 하는구나!" 남편은 못내 한숨을 토로한다. 나는 아무렇지도 않다. 아쉬움이 있어야 다음 기회를 또 다음에 품는다. 여행 후기를 쓰면서 아는 척, 잘난 척, 있는 척, 삼

척동자를 기록하려는 것이 아니다. 지난여름 매우 아팠다. 겸손한 척, 우아한 척 '척척'이 그 순간에는 부질없었다. 당분간은 내 감정에 충실하고 싶다.

영화 '라이언의 딸' 첫 장면은 절벽 위에서 떨어뜨린 양산을 절벽 아래에서 낚시하던 신부와 바보가 줍는다. '1916년, 영국으로부터 독립운동을 벌이는 격동의 아일랜드 시절, 자유분방한 처녀 로지는 소심한 초등학교 교장 찰스와 결혼한다. 그러나 신혼 첫날밤, 찰스와의 관계에서 크게 실망한 로지는 곧 결혼생활에 지루함을 느낀다. 그리고 근처 영국군 캠프의 부상당한 영국군 장교 랜돌프 도리안에게 매혹되어 열정적인 사랑에 빠져든다.' 모든 걸 알고도 말없이 눈감아 주는 남편이 아내의 불륜을 '한때의 로맨스'라고 이해하며 영화평론은 아름답게 미화한다.

세상의 어느 남자가 아내의 불륜을 아름답게 바라볼 수 있을까. 하늘에서 별을 따다 하늘에서 달을 따다♫ 그대에게 모두 드리겠다고 맹세했던 나의 남편도 어림없는 소리다. 비록 영화로는 실패했다지만, 거친 파도와 매서운 바람은 컴퓨터가 그려낸 그래픽이 아니다. 크롬웰이 아일랜드를 처음 정복하였을 때, 그곳 사람들에게 '살고 싶은 자는 새넌 강을 건너라'고 했을 정도로 자연환경이 사나운 곳이다. 실제 경치와 실제 비바람 속에서 찍었다고 한다. 세계 사람들이 모허절벽을 찾는 이유다.

나는 모허절벽의 경관보다 아내의 불륜까지 같싸 안아주는 영화 속의 남편이 더 절경이다. 그렇다고 뒤늦게 절벽 위에서 떨어지는 양산 같은 사랑을 꿈꾸는 것은 아니다. 무엇이든 내가 하는 모든 것을 다 받아줄 것 같은 남편이 이제는 혈족血族 같은 느낌이다. 같이 산 세월이 검은머리 파뿌리 된 우리를 아일랜드 모허절벽 앞에 데려다 놓았다. 새삼 무엇이 겁날까. 길 위에서 함께 죽어도 아쉬울 것도 아까울 것도 없다.

나는 늘 감성을 꿈꾼다. 집의 아이들이 분리 독립하자마자, 남편은 숙제를 마친 듯 직장을 그만뒀다. 그는 여태까지 월급을 벌었다. 이제 그는 시간을 벌 차례다. 월급이란 것은 딱 한 달 생활비로 쓸 만큼만 주어지기 때문에 모아지지 않는다. 시간도 그렇다. 뭐든 있을 때 써야 한다. 나 혼자 날마다 파트타임으로 일하며 어디론가 함께 떠날 자금을 마련한다. 일할 수 있는 한 그러기로 마음먹었다. 요즘 우리 부부가 함께 읽고 있는 책은 『다 쓰고 죽어라』다. 인생이란

“오로지 하나의 가파른 절벽을 기어오르다가 정년이 되면 벼랑 끝으로 추락하는 것이 아니다.”는 문구가 마음에 꽂혔다.

모허절벽에서 중년의 프랑스 부부를 만났다. 이산가족 상봉하듯 서로 얼싸 안았다. 며칠 전에 ‘테이호 호수’ 앞에서 만났던 반가움이다. 피부 빛깔은 달라도 동서양을 막론하고 부부의 사는 모습은 비슷한 것 같다. 동지애를 느낀다. 절벽을 배경삼아 함께 사진을 찍었다. 그들도 가파른 사랑은 영화로 대리만족할 것이다. 그리고 우리처럼 오늘도 밋밋한 일상으로 돌아와 한 침대에서 잠들 것이다.

제 5 부

맹춘

아버님의 안경

아버님이 걸어 나오신다. 내가 처음 아버님을 뵙던 그 모습과 별반 다름이 없다. 늘 말쑥하신 차림이라 변한 건 예전의 장년이던 아버님이 지금 구순의 노년으로 물리적인 숫자일 뿐, 걸음걸이 또한 언제나 반듯하시다. 아무리 자식 앞이라도 슬리퍼이거나 운동복 차림으로는 나오지 않으신다. 저절로 옷깃을 여미게 하는 신사의 품격이다.

그런데 요즘 일 년에 한두 번 정도 "아하! 이를 안 넣고 나왔구나." 하실 때가 있다. 남편은 잽싸게 차를 돌려 다시 돌아간다. 틀니가 없으면 음식을 씹어 넘기기가 힘드니 메뉴를 죽으로 바꾸거나 후루룩 넘어가는 가락국수를 잡수셔야 한다. 아버님은 특유의 고유음식을 고집하지 않으신다. 일본식 돈가스나 스테이크 또는 햄버거 피자의 퓨전 음식

도 즐겨 드신다. 아침 식사도 샐러드와 빵 우유 주스 등이
다.

　그날도 막 식사를 하려는 찰나, "아차차! 내가 안경을 안
쓰고 왔다."시며 깊은 한숨을 쉬신다. 남편은 얼른 "아, 아
버님 잘 안 보이시죠?" 금방이라도 집으로 모시고 갈 태세
다. 아버님은 괜찮다고 하신다. 얼마 전에는 안경테가 헐거
워 바꿔야겠다고 하시기에 안경점으로 가려니 극구 사양하
셨다. 그 안경테는 일본에 있기에 일본에 한번 다녀오시겠
다고 하셨다. 남편이 요즘은 국산이 훨씬 더 좋다며 해외
제품도 우리나라에 다 들어와 있다고 말씀드렸다. 그런데
아버님께서 반찬을 집으시며 "내가, 얼굴이 조금 길어서…"
아버님 안경은 도수가 없다고 하셨다.

　나는 처음 알았다. 아버님의 안경이 패션이라는 것을.
"어머머, 그러셔요." 그 얼마나 멋지신가. 그런데 집으로 돌
아오며 남편은 영 못마땅하다는 표정이다. 나는 60년 만에
처음 알았다며 대단히 억울한 양 혀를 내두른다. "왜?" 난
당신이 아버님을 닮았으면 좋겠다고, 정신과 건강과 처세
는 물론 당신의 외모 즉 멋까지 철저하게 관리하시는 모습
에 진심으로 신나서 목소리 톤이 올라갔다. 내 남편뿐 아니

라 내 아들과 내 손자도 이다음 우리 아버님을 닮았으면 좋겠다. 아버님은 조실부모하셔서 부모님의 얼굴을 모른다고 하셨다. 그 당시 사진도 한 장 없었으니 거울을 보면서 내 안에 부모님의 모색이 있으려니 여긴다고 하셨다. 어쩜 안경은 아버님께서 부모님을 볼 수 있는 창호窓戶일지도 모른다.

천경자 화백의 수필 「눈썹」을 읽은 적이 있다.

'서로 만나고도 10여 년 사이에 두 아이까지 있으면서도 나는 여전히 세수하고 난 얼굴을 남편에게다 보인다는 것이 부끄러웠다. 그리고 버젓이 눈썹을 그리는 모습을 보이는 것도 싫었다.' 눈썹이 약하면 형제 선이 없다고 눈썹을 그리는 이유를 말하지만, 결국 자신의 캐릭터를 지키고 싶은 거다. 어느 날 천경자는 함께 외출에서 돌아온 남편이 자신의 얼굴을 닦아줄 때, '사랑이란 미태美態나 미태媚態에 있는 것이 아니고 마음속에 부단한 생명력을 저축하며 살아있는 것이라는 것을 알 것 같았다'고 표현한다.

나의 친정엄마는 열일곱에 시집와 평생 민얼굴을 하지 않으신다. 예전에 동네 사람들이 많이 수군거렸다고 한다. 남편이 타지에 나가 봐줄 사람도 없는데…. 그때는 오히려 흉이 되었다. 그러나 팔순이 가까운 지금도 날마다 아침부터 곱게 단장하신다. 나보고도 "여자는 세수를 자즈 해야 한다."고 말씀하신다. 세수해야 거울을 보게 되고, 거울을 자주 봐야 예뻐진다며 여성의 정체성을 심어주신다. 엄마에게 화장은 돌아오지 않았던 남편을 그리는 그리움이다.

사실, 나는 얼굴 꾸미기에 게으르다. 색조화장은 거의 없다. 세수하고 스킨로션도 제대로 바르지 않으니 구석구석 뽀득뽀득 성심성의껏 닦지도 않는다. 핑크빛 사춘기와 청운의 꿈을 꾸던 시절도 그러했다. 그러니 새삼스레 영양 크림으로 마사지하겠는가. 피부 당기는 것이 싫어 물로 거푸거푸 시늉만 하고 자는 날이 더 많다. 그런데 나는 집에만 있는 전업주부가 아니다. 매일 사람들 앞에 서서 마이크를 잡고 일을 한다. 어느 때는 성의가 없어 보이는 것 같아 비비크림이라도 발라야지 싶다가도 일주일을 못 넘기고 도로 민얼굴로 나간다. 예쁘지도 않으면서 "뭘 믿고 그러느냐." 대 놓고 나무라는 친구들도 있다. 글쎄, 나는 뭘 믿고 그럴까.

그렇다고 내가 맹탕 뻗대고 게으른 것만은 아니다. 상喪을 당했거나 크게 아프지 않는 한 세 개의 손가락 손톱 끝에

봉숭아 꽃물은 자주 들인다. 꽃물들인 손톱에 예의를 차리
느라 손톱을 길게 기르거나 반짝이는 반지도 끼지 못한다.
사시사철 옷차림이 매양 비슷한 디자인과 무채색으로 밋밋
하다. 그러나 나는 나름대로 철칙이 있다. 야외나 등산이
아니라면 먼 나라 여행일지라도 샤넬라인 정도 찰랑거리는
원피스로 여성의 곡선은 유지하려고 한다.

그렇다면 나는 무엇으로 멋을 낼까. 아버님의 안경과도
같은 멋 말이다. 지금 생각해도 설렌다. 나는 남자친구와
연애하던 시절, 칠 년 동안 편지글과 몸과 마음을 다 주었
다. 그때 나는 붉은 립스틱이나 꼬불거리는 파마머리로 목
소리 크게 함부로 말하는 와락 여사의 조짐이 전혀 없었다.
무조건 그를 나긋나긋하게 좋아했다. 비록 그 청년에게 순
결純潔을 잃었을지언정, 순수純粹했던 마음만은 절대 잃을
수 없다. 그가 나에게 범(?)했던 사랑을 해로偕老하는 그 날
까지 지켜주고 싶다.

나의 멋, 순수라는 무기로.

옷을 잘 입어야 하는 이유

거미처럼 눈만 퀭하던 내가 시립도서관 여러 곳에서 유학儒學 강의를 하게 되었다. 지금도 시집 대소가 가족은 내가 무엇을 하러다니는지 잘 모른다. 하기야 집안 대소사에 거의 참석을 하니, 일하는 여성으로 인정받지 못한다. 그 당시, 집의 어머님도 당연히 모르셨다.

그중 B도서관은 번화가에 있다. 사통팔달 버스 지하철 택시 정류장과, 은행 시장 백화점 식당 등이 밀집된 곳이다. 그날, 칠판에 판서를 하다가 무심히 뒤돌아섰다.

'어! 여기, 어디?' '나, 누구?'

순간, 얼른 뒤돌아섰다. '여기는 B도서관 강의실' '나는 선생' 자세를 바로 하여 아주 천천히 수강자들을 바라보며 말했다. "제가 집에서는 가장 조심스럽고, 문 밖에서는 가장 존경하는 분이 계십니다. 그분께서 지금 우리 강의실에 와 계십니다."라고 소개했다. 호명되신 어머님은 일어나 상냥하되 위엄 있는 목소리로 "부족한 저희 며느리……" 아~, 그 순간의 당황스러움이란! 나는 진땀을 흘렸고, 몇 분 어르신은 사돈집 상견례 하듯 함께 서서 맞절하는 사태가 벌어졌다.

도서관 정문 앞에 버스정류장이 있다. 집으로 한 번에 갈 수 있는 버스도 그곳에 선다. 나는 늘 그곳에서 버스를 탔다. 어머님은 내 손을 세차게 낚아채더니 철물골목으로 잡아끄신다. "왜요, 어머님?" "니, 사람들 앞에서 저 버스 탈끼가?" 괜한 역정을 내신다. "그리고, 옷이 그기 뭐꼬?" 나는 그때까지, 정말 한 순간도 사람들 앞에서 버스를 타는 것이나 입은 옷이 부끄럽다고 여긴 적이 없다. 어찌하면 더 중후해보일까 하고 일부러 개량한복을 즐겨 입고 다녔다. 오히려 무명의 소박함이 「논어」과목과 어울린다고 자부심까지 가졌다. 어머님 눈에는 며느리가 냉면집에서 보조 일을 하는 조선족처럼 보였던 모양이다.

"어머님, 전 괜찮아요." "잔소리 말고 쫓아와라" 대로로 나가 지하차도를 통과하더니 L백화점으로 앞장서신다. "옷

한 벌, 사자” 그날 옷을 산 기억이 없으니, 또 내가 완강하게 거절했었나보다. 그 후, 나의 차림은 몇 년 철 지난 명품(?)을 입고 다녔다. 어머님도 형님도 나중에는 새로 시집온 손 아래 동서도 사이즈가 작은 옷을 내게 줬다. 말하자면 의상 협찬을 받은 셈이다. 이름 있는 옷을 걸쳐도 옷태가 나지 않던 그야말로 ‘무명’시절이다. 어쩌다 반지하나를 끼면 이 웃 아낙들이 ‘진짜’냐고 묻는다. 그럼 내가 진실한데 가짜를 끼겠는가. 옷도 보석도 제값을 못하고 겉돌았다.

그 후, 어머님은 오랜 기간 병원생활을 하셨다. 출근도장 찍듯 매일 병원에 들어서면 내 입성부터 살핀다. “와, 스커 트가 없나?” 철이 바뀌었는데도 얇은 옷을 입고가면 내 ‘버 버리’코트 갖다 입어라. 가끔 아버님하고 병실에 같이 들어 서면, “여자는 3센티 이상의 구두 굽에 치마를 입어야한다.” 며 센스 없는 며느리를 챙기셨다.

어머님은 멋쟁이셨다. 병원에 입원하기 전까지 하루에 몇 번이라도 옷을 기능대로 바꿔 입으셨다. 때와 장소를 24 절기 나누듯, 아버님 출근하기 전 일복과 앞치마, 출근 때 대문까지 배웅하는 옷, 낮에 외출하는 옷이 다 달랐다. 합창 단, 꽃꽂이, 서예, 식사모임, 결혼예식장, 문병, 문상을 엄격히 구분하셨다. 양장과 한복뿐 아니라 투피스, 원피스, 카디건에 따라 핸드백, 손수건, 레이스무릎덮개까지 갖추셨는데, 그중 옆으로 슬쩍 기울게 쓰는 모자가 여왕처럼 멋스러웠다.

그때는 옷을 양장점에서 맞춰 입던 시절이다. 어머님은 단정한 걸 좋아하셨다. 목깃과 치마 주름이 각이 서도록 꼭 빳빳한 남자 양복지로 맞췄다. 시폰이나 실크 옷으로 어깨나 무릎이 드러나는 사람을 보면 혀를 찼다. 저녁시간 드레스 길이는 발목에서 멈추고, 정갈하게 풀을 먹이는 잠옷도 철마다 간절기까지 가운을 준비하셨다. 경쾌한 피크닉 복장도 짧아봐야 샤넬라인 위로 올라가는 적이 없었으며, 아웃도어가 아니면 원색을 피하여 비슷한 빛깔로 어느 옷과 매치해도 잘 어우러졌다. 외출할 옷차림을 다 갖추면, 일을 많이 한 손가락 마디가 민망하다시며 그물장갑으로 마무리하셨다.

"휴우~,"

옷 이야기가 장황했다. 별별 이야기 속에서나 나올 법한 분을, 아침저녁으로 수발할 수 있었던 나는 복이 많다. 그러나 아직 감히 어머님의 모습을 닮지 못한다. 당시, 고무신과 구두를 닦아드리며 '왜, 저러실까?' 밖의 일을 하시는 분도 아닌데…, 참으로 유난스럽다며 속된 소견머리로 남몰래 팔자타령도 하던 터였다. 그런데 요즘 그분이 문득문득 떠오른다. 자신의 아름다움을 철저하게 관리하던 정성이 몹시 그립다. 부덕婦德의 완성이 옷일 뿐, 어머님은 마음씨 말씨 맵시 솜씨에 억척스런 삶까지 내게는 최고의 이상향, 여성군자君子셨다. 그 아름다움은 사치하고는 다르다. 그래, 여자라면 어머님 정도는 되어야한다. 지금도 구순의 아버님은 어머님을 회상하시면서 "나에게 여자는 네 어머니밖에 없다."고 단정하실 만큼, 아내 자격이 완벽한 분이셨다.

나는 어머님처럼 각을 잰 듯, 법도를 지키듯, 일상을 마름하고 다듬을 여력이 없다. 더구나 미적美的 감각도 모자란다. 어느 날은 감당도 못할 가랑이가 터진 긴 스커트와 펄렁거리는 얇은 원피스, 그리고 열 발가락이 다 보이는 샌들을 스타킹 없이 마구 신는다. 거울 앞에서 옷매무새를 바로잡다가 얼핏, 내 어머님과 눈이 마주친다. 어머님의 눈으로 나를 비춰본다. 이건 너무 성의 없는데…, 이건 너무 무례한데…, 품격의 잣대를 생전의 어머님 이미지에서 찾는다.

십 수 년이 지나 다시 찾아오는 수강자들이 계시다. 그분들은 내가 어딘지 낯설다고 한다. '가장 명품 옷은 자신감을 입는 것이다' 나는 요즘 이렇게 잘난 척을 한다. 겸손하지 못하니 전에 내 어머님처럼 우아하지 못하다. 풀 섶에 낮춰 피던 각시붓꽃 같은 수줍음은 사라지고, 지난 봄, 삽시간에 피었던 벚꽃마냥 환하게 소리 내어 곧잘 웃는다. 그분들에게 다가가 귀엣말로 속삭인다. "저도 어느덧, 시어머니가 되었거든요." 마주보고 "하하 호호" 웃음소리에 벚나무 붉은 잎이 휘날린다.

어찌 할 거나, 나의 화양연화花樣年華도 "낙엽 따라♬~"가고 있다.

싸한 맛, 공부

혹독하게 춥다. 정월 초하루, 초이틀, 초사흘. 해 뜨는 시간을 핑계로 점점 늦게 일어난다. 아침 식사를 하는 시간도 점점 늦어진다.

출근할 사람도, 찾아올 사람도, 나갈 일도 없이 습관적으로 TV를 켠다. ‘응답하라 1988’도 끝나 마땅히 재방송까지 챙겨볼 프로그램도 없다. 창가에 비치는 겨울 햇살은 환했지만, 이렇게 멍청하게 하릴없이 방학기간을 소비한다는 것이 자존심이 상한다. 내가 꼭 ‘잉여인간’으로 전락한 느낌이다.

초엿샛날 아침, 아침부터 무조건 걸어 나갔다. K대 앞 중국어 학원에서 한 시간 청강하고 나오며 바로 등록했다. 한 층 걸어 올라가 J일본어 학원으로 올라가 한 시간 청강하고 바로 등록하고 내려왔다. 아침마다 학원까지 서너 정거장 걸어가고 걸어오고, 부지런히 집에 와서 점심을 차렸다. 추운 줄도 모르고 매일 학원 갈 욕심에 땀을 뻘뻘 흘렸다.

한 달 동안 새롭게 중국어 성조와 권설음 발음 지적을 받으며, 일본어 히라가나 숙제를 하며 두 시간 수업 받고 오면 서너 시간씩 예습복습 했다. 더러 외고 지망하는 중학생이나 아주머니 아저씨의 중년도 있었지만, 대학 앞이고 방학기간이라 대부분 수강생이 대학생이다. 총명함과 순발력은 좇아갈 수 없지만, 성실한 태도 하나만은 내가 그들보다 관록이 있다.

내년이면 벌써 서른이라며 "헐~!" 하는 중국어 선생의 깜찍하고 명랑한 수업에서 나는 요즘 신종언어의 중국어를 들었으며, 시작하는 날부터 종강하는 날까지 분초도 어김없는 시간 엄수와 헛된 숨소리조차 아끼는 완벽에 가까운 일본어 선생의 교수태도에 경의를 표했다. 내가 하던 강의에 반성도 하면서 모름지기 강사의 자세는 저래야 한다, 마음속으로 진정 존경까지 했다.

얼마만의 집중인가. 얼마만의 나만 위한 시간인가. 이런 시간만 나에게 주어진다면 좋겠다. 얼마나 공부가 흥겨운지 누가 보면 앞으로 이 공부로 먹고살 듯이 들이덤볐다. 모르면 몰라도 나를 지켜보는 학생들도 저 아줌마는 아마 뒤늦게 '공부 귀신'이 씌운 줄 알았을 것이다.

날마다 새롭게 엄습하는 퇴직 부부의 관계, 부모 자식 간의 도리. 말이 근사하여 황혼이지 어찌 떨쳐버릴 수 있을까? 수면제를 복용하던 시간을 무시해버렸다. 날마다 소리 내어 미친 듯이 읽었다. 꿈속에서 'ます & です'가 서로 자기 것이 '맞다'고 대치하는 바람에 나는 형용사인가 동사인가 편 가르다가 새벽이 되곤 하였다. 손자 보는 날도 예약한 병원에 가는 날도 하루도 결석하지 않고 학원에 개근했다.

그리고 종강했다. 종강을 하고 집에 돌아와 단박에 교재를 재활용 박스에 넣었다. 이번 공부는 나를 혹독하게 부리기 위한 훈련이었다. 공부하고 속이 이렇게 후련하기는 처음이다.

잉여

남자 사람

그의 샤워하는 소리에 나는 설렌다. 그러나 마음을 들키고 싶지 않다. 평상심을 찾고 티브이 앞에 앉는다.

샤워 물소리보다 더 크게 티브이 볼륨을 높인다. 화장실에서 나오던 그가 힐끗 나를 쳐다보다 문간방으로 들어간다. 개념 없는 아내 행동에 비난의 눈길로 기선제압을 하는 중이다. 이 방송 저 방송 종편방송까지 몇 바퀴를 다 돌려도 방에서 나오지 않는다. '아~ 오늘도 허탕'이다.

밤에 여자가 샤워하면 남자는 무섭다는데, 나는 남편이 낮에 샤워하면 만리장성을 쌓는다. 그가 외출하면 책도 읽고, 써놓은 글도 퇴고하고, 인터넷 내 사이트에 새 그림도 걸고 싶다. 그러나 소소한 몇 개의 그림마저도 여지없이 뭉개진다.

봄부터 그랬다. 여름 가고, 가을 가고 김장배추를 절여놓았다. 그가 또 샤워한다. 방에서 전화하는 목소리가 활기차다. 다시 설렌다. 드디어 외출하려나 보다. 오늘은 성공이다. "친구 만나고 올게." 나는 나가는 뒷모습에 대고 일부러 안 해도 될 말을 한다. "친구에게 점심도 사주고, 저녁에 김장할거니 5시 이후에는 꼭 들어오시라." 그가 없어도 김장 따위는 잘한다. 낮 시간을 벌고 싶은 거다. 여유를 누리자니 기쁜 에너지로 때 이르게 배가 고프다. 냉동실에서 삼겹살을 꺼내 두 점을 삶아 배추쌈으로 허기를 달랬다. 글 한 편 읽기도 어중간한 시간, 커피 한 잔을 들고 다시 티브이 앞에 앉았다.

"띡띡띡띡띡~ 띠리릭~" 자동으로 현관문이 열린다. 그가 불쑥 들어선다. 외출한 지 두 시간도 안 된 점심시간이다. "점심은?" 하고 묻는데 의지와는 달리 부아가 치민다. "내가 바하야?" 200밀리 우유 타서 시간 맞춰주면 꼴깍 다 먹고 등 두드려주면 트림하는 손자냐는 뜻이다. 어딜 바하에다 비교를 하는가. 바하는 "도리도리, 짝짜꿍, 으싸으싸"

구렁 넣으면 귀엽게 재롱이라도 한바탕 선사하지…, 꼴깍 말끝을 목구멍으로 넘겼다.

멀쩡한 정년을 5년이나 앞당겼다. ‘한 송이 국화꽃을 피우기 위해 봄부터 소쩍새가 그렇게 울었다’는데 남편은 명예퇴직 후 봄부터 김장철까지 한결같이 기대와 실망의 교차지점에 멈춰 서있다.

밤낮이 바뀐 갓난아이처럼 거꾸로 가는 청개구리 소년마냥, 그는 지금 여태까지 깔았던 멍석을 마다하고 새삼스레 주단綢緞을 준비하는 집사람이 되었다. 흐르는 물과 같이 날짜도 요일도 꼭 해야 할 일도 없는 일과로 얼마를 더 견디어야 할지 기약이 없다.

“언젠간 가겠지~ 푸르른 이 청춘~♬ ”

여자 사람

아내가 들어오는 소리에 그가 놀란다. 종일 실내복에 앞치마 차림이다. 개수대는 아침의 빵 접시, 점심때의 국수 삶은 냄비와 바구니, 사발 그릇이 수북하다. 컴퓨터 책상 위에는 과일 껍질과 과도가 커서cursor처럼 번쩍인다. 다리는 편안하게 책상 위에 올려놓았다. "움직이지 않으면 썩어요." 시든 꽃 타령으로 나의 퇴근을 알린다. 서로의 귀가 시간을 기다리던 시절이 분명 있었건만, 서로 내 영역만 지키겠다는 무언의 선포다. 너른 집에 정적이 머물지 않으면 한꺼번에 콩을 볶는다. 소가 닭 보듯, 닭이 소 보듯 티면데 면해져 각자의 공간으로 들어가 방문을 닫는다.

아들 내외가 집을 구한다. 하나를 구하는 것이 아니라 두 채의 집을 구한다. 아래윗집이면 더 좋겠단다. 내 집을 떠나 분가할 때, 아이가 생기면 어미 곁으로 돌아오는 줄 알았다. 그런데 자기네들 편한 곳으로 오란다. 그건 대놓고 육아 담당을 해달라는 일종의 선언이다. 마땅히 각오하고 있던 일이고 은근히 기대도 했었건만 막상 그 말을 듣는 순간, "뭣이라!" 총부리를 본 듯 불안이 엄습한다. 돌에 새겨 넣을 공적을 탐하는 것은 결코 아니지만, 예로부터 아이 본 공은 없다고 했다. 내 아이들 키울 때는 나도 이삼십 대로 젊었다. 더구나 전업주부였으니 어른들 모시고, 대소가 살림하며 연년생을 잘도 키웠으나 지금은 자신이 없다. 내 한 몸도 귀찮아 끼니를 거를 때도 있고, 멀쩡히 혼자서도 넘어지고,

가스 불 위의 냄비도 태워 먹는다.

　어미라는 숭고한 이름으로 '너희 자식은 너희가 키워' 매정하게 내칠 수도 없다. 그렇다고 서울에서는 보모保姆에게 얼마를 준다더라. 꼭 짚어 고용 법을 들이밀 수도 없는 노릇이다. 나보다 젊은 사부인에게 맡기라고 시어미 용심을 내비칠 수도 없다. 내가 정신적 혼란 상태로 과민하게 반응하는 것은 그동안 지나치게 교양 있는 어미 이미지로 살아왔기 때문이다. 그렇다. 사실 다 핑계다. 이렇게 느닷없이 통보받고 싶지 않다. 지금 슬그머니 할머니 육아로 들어서면, 나는 다시는 온전한 나만의 브랜드를 찾지 못할 것 같다.

　쾌속으로 다가오는 황혼을 피할까, 맞이할까? 며느리가 몇 달 후면 출근을 하는데 내가 벌써 밤잠을 설친다. 손자를 매개로 부지깽이 잣대를 들고 있다. 불쑥불쑥 치밀어 오르는 잉걸불을 다독인다. 한 해 한 해 춘하추동 비바람 앞에 공들여 쌓아온 세월이다. 자식들에게 편협하고 이기적인 어미의 마음을 들킬까 봐 겁도 난다.

　잉여자산은 소멸일까, 생성일까. 인생은 타이밍이다. 아이들이 원할 때 그들 곁에 있어주는 것 또한 귀한 사람 노릇일 것이다. 단지 앞날이 불확실한 잉여부부로 살아가는 것이 두렵다.

"그렇게~ 세월은 가는 거야~♬"

이성과 감성의 대치상태 지점에서 한 여인의 엄살 섞인 눌변이다.

자는 아이가 예쁘다

아들이 이사하면서 아이를 데리고 왔다. 내가 잘 볼 테니 맡기고 가라 했다. 거실에서 놀던 손자가 외투 입는 어미 아비를 쳐다본다. 그 눈빛이 안테나다. 어떤 상황을 놓치지 않으려는 감지 촉이다. "다녀오겠습니다."라는 소리에 내 품에 안긴 아이 몸에서 예감의 기운이 싸하게 번진다. '딸 각' 닫히는 문소리에 물끄러미 바라보던 아이가 드디어 정적을 깨고 울기 시작한다.

후드득 시작한 비가 소낙비로 변하듯이 세차고 맹렬하게 운다. 울기만 하는가. 사설을 늘어놓는다. 나는 깍지 끼워 안고 아이의 우는 모습을 빤히 바라보았다. 저도 민망한지 얼른 눈길을 피한다. 아직 '엄마, 아빠, 맘마'라는 말도 못하는 아이가 '그리고, 그래서, 그런데…', 이유를 붙이는 듯 판소리 음률을 타며 운다.

그래도 할 수 없다. 어차피 너와 나 우리는 같은 공간 안에 맡겨진 신세이니, 적당한 시간 안에 타협하는 것이 서로에게 좋다. "그래, 너도 서럽지?" 네 맘 나도 안다. "괜찮아, 괜찮아." 나도 괜찮고 너도 괜찮다. 측은한 눈빛으로 우두커니 바라보니 차츰 울음이 잦아든다. 그러면서도 몇 분 간격으로 울분의 한숨을 토해 내더니 이내 잠이 들었다. 잠결에도 서러운지 가쁜 숨을 몰아 내쉰다.

아기는 예쁘다. 방긋방긋 웃는 얼굴도 예쁘지만, 지금처럼 쌔근쌔근 잠자는 모습이 더 예쁘다. 전에 시어머니는 아들이 잠을 자면, 마치 대비마마가 새로운 등극 날을 맞이한 것처럼 서슬 퍼런 카리스마를 보이셨다. 잠자는 것이 무슨 큰 벼슬인양 "자게 놔둬라!" 집의 아이들이 찬장 유리를 깨고 피를 흘리며 놀아도 나의 남편은 우는 아이는 보지 않고 곁에서 잠만 잤다.

왜 그랬을까? 아이는 잘 때가 가장 예쁘다. 자는 아이는 떼쓰지 않는다. 자는 아이는 엄마에게 내 처에게 왜 그러느냐고 시비를 가리지 않는다. 잠자는 아이는 어머니와 아내 사이에서 눈치 보지 않는다.

잠시 남편이 일본으로 연수가면 집으로 전화했다. 어머님이 받아 꾀꼬리처럼 높은 음으로 통화하고 딸각 끊으신다. 이제나저제나 바꿔주시려나 눈을 동그랗게 뜨고 고개를 주억거리며 곁에서 지켜보던 나는 그렁그렁 눈물이 고였다. "니가 일본어를 아냐? 일본 지리를 아냐?" 야속하다. 어머님은 일본에서 성장하셨다. 아무리 그렇더라도 아무려면 아들이 일본어와 일본지리를 알려고 집에 전화했었을까.

일주일 만에 일본에서 돌아오면 보름정도 이 방, 저 방을 옮겨 다니면서 낮과 밤을 또 잔다. 내가 아들이 자는 방으로 들어가면 "갸, 잔다.""갸, 깬다""실컷 자게 내버려둬라"며 자장가를 대신하셨다. 나도 으레 일본과 한국의 시차이려니 여겼다. 눈을 뜨면 무엇이 편안하겠는가. 이 꼴 저 꼴 안 보고 고부간의 시차를 피하는 잠은 아들의 처세술이다.

자는 아이가 왜 이다지도 예쁜지 이제야 알겠다. 나도 자는 손자가 더 예쁘다.

맹춘孟春

촛불로 물길을 잡을 수 있을까. 세상은 온통 출렁이고 있다.

‘창랑의 물이 맑으면 갓끈을 씻고, 창랑의 물이 흐리면 발을 씻겠다.’

초나라 굴원이 「어부사」에서 읊는 선비정신이다.

안색은 초췌하고 몸은 마른 나무처럼 수척한 선비가 물가에 노닐면서 세상을 노래하고 있다. 어쩌다 그 꼴이 되었는가. 세상이 온통 사리사욕에 눈이 어두워 흐려 있는데, 혼자 맑았기에 그리되었다. 참으로 딱한 양반이다. 맑으면 맑은 대로 흐리면 흐린 대로 그들을 따라 함께 출렁이지 못하고, 어찌 그 지경이 되었는가. 그는 차라리 물고기의 뱃속에서 장사를 지낼지언정 세속의 더러운 먼지를 뒤집어쓸 수가 없다고 하며 떠났다. 다시는 그곳 상강에서 그를 볼 수가 없었다는 이야기다.

어디에서부터 잘못되었을까?

돌 지난 바하가 아장아장 곧잘 걷는다. 아침이면 아파트에 노란 버스들이 줄지어 들어오고 나간다. 배꼽 인사와 줄서기의 기본을 배우는 어린이집 행렬이다. 아이들을 버스에 태워주러 엄마 혹은 아빠가 유모차에 동생까지 태우고 나온다. 그들 틈에 아기 돌보미 아주머니들도 있다. 나도 나가 기다린다. 그런데 어느 날부터 아이가 내 손을 잡고 기둥 뒤로 잡아끈다. 기둥 뒤에는 야쿠르트 판매원 아주머니가 있다. 친한 엄마끼리는 아이들에게 서로 사주기도 한다.

바하도 얼른 가서 줄을 선다. 어느 날은 야쿠르트를 파는 아주머니 앞에, 어느 날은 사주는 엄마 곁에, 혹은 친구 곁에 끼어 선다. "안 돼." 우린 돈을 내지 않았다고 엄하게 말하니, 그예 "앙~" 울음을 터뜨린다. '세 살 버릇 여든 간다.'는 속담이 있다. 안 되는 것은 절대 안 되는 것이다. 그 줄은 공짜와 특혜를 주는 줄이다. 말 못하는 아기도 줄을 잘 서야 야쿠르트를 얻어먹을 수 있다는 것을 본능으로 안다.

춘추전국시대 위나라 대부 왕손가가 "성주대감에게 아첨하기보다는 차라리 부엌의 조왕신에게 아첨하라는 말이 있는데, 그 말이 무슨 말입니까?" 하고 묻자 공자께서 "그렇지 아니하다. 하늘에서 죄를 얻으면 더는 빌 곳이 없다."고 일침을 가한다. 이천오백 년 전 버전으로 '출세하려면 모름지기 줄을 잘 서야 한다.'는 말이다. 하기야 배고팠던 시절, 우리도 큰아버지나 작은아버지보다 밥을 푸는 이모 고모 숙모를 찾아가야 국물이라도 얻어먹었다. 만약 흥부가 놀부를 찾아갔더라면 어찌 되었을까. 필시 물볼기 세례나 흠씬 받았을 터, 그나마 형수를 찾아갔으니 주걱으로 뺨을 맞아도 뜯어먹을 밥풀떼기라도 있었잖은가.

당시, 왕손가는 비선秘線의 실세다. 정의실현을 한답시고 부질없이 지방마다 떠돌아다니는 주유열국을 그만하고, 자신에게 잘 보이라고 공자를 유인하는 장면이다. 그는 각종 이권과 밥그릇의 인사권을 쥐고 있다. 이에 공자께서 "하늘이 무섭지도 않으냐?"며 거절한다. 예로부터 민심民心은 천심天心이라 했거늘, 북신北辰이 제 역할을 다하지 못하니 민중이 은하수銀河水되어 광장에서 촛불을 켠다.

비선은 거지 근성이다. 거지는 부자를 부러워하는 것이 아니라 자기보다 조금 더 동냥 받은 거지를 부러워한다고 한다. 상대를 부러워하는 가운데 거지 근성이 자꾸 자란다. 조금 많이 동냥 받은 거지는 점점 그 물에서 오만해진다.

검찰청 현관 앞에 벗겨진 신발 한 짝이 화면에 클로즈업되었다. 희대의 큰 동냥아치다운 '거지발싸개'다. 이 문전 저 문전 마구 짓밟던 도적盜賊의 신발이다.

어느 사람이 옥황상제에게 소원을 말하러 갔다. 저는 부자가 되고 싶습니다. 그래 알았다. 나가보아라. 두 번째 사람이 소원을 말했다. 저는 부는 필요 없습니다. 귀한 명예를 얻고 싶습니다. 그래 접수되었다. 세 번째 사람이 들어갔다. 저는 앞의 두 사람과는 다릅니다. 부도 명예도 원하지 않습니다. 저는 다만 여우같은 마누라와 토끼 같은 자식들과 알콩달콩 평범하게 살고 싶습니다. "예끼! 이 사람아. 그렇게 좋은 것을 할 수 있다면, 내가 여기서 옥황상제 노릇을 하고 있겠느냐?"며 호통만 된통 듣고 쫓겨나왔다고 한다. 참으로 평범하게 살기가 어렵다.

너무도 고결하여 물에 뛰어드는 선비도, 썩은 동아줄을 붙잡고 올라가 구차하게 밥줄을 붙잡는 비선 특혜도 바라지 않는다. '검소하지만 누추하지 않고, 화려하지만 사치스럽지 않다.'는 백제의 건축처럼 살고 싶다. 날마다 벽돌 쌓듯 하루, 한 달, 일 년…, 반평생을 부지런히 살다 보니, 나는 어느새 집도 있고, 차도 있고, 마주 앉아 차를 마실 커피 잔도 녹차

잔도 다 있다. 물질뿐인가. 인맥의 울타리도 든든하다. 누구의 아내요, 어미요, 할머니이기도 하다. 이렇게 많은 것을 가지고도 부와 명예를 다 갖춘 사람들이 그토록 부러워한다는 글까지 쓰고 있으니, 이 또한 얼마나 고마운 소유인가.

"저 푸른 초원 위에 그림 같은 집을 짓고♬" 사랑하는 임과 함께 더불어 살고 싶다. 겨울이 춥다. 한동안 군불을 더 때야 할 것 같다. 선비 비선, 좌파 우파, 주류 비주류, 부귀빈천, 오픈 클로즈, 북극성과 뭇별들이 한마음으로 "위하야! 위하여!" 함께 건배하는 화합을 기대한다. 지금 나는 손자와 마주 앉아 봄에 뿌릴 씨앗을 고르고 있다. 워킹 맘을 돕는 황혼 육아의 일이다. 갓끈을 씻어 벼슬을 할 만한 일은 결코 아니지만, 물이 맑다. 머지않아 희망의 새싹이 움틀 것이다.

바야흐로, 맹춘孟春이다.

※ **작가메모**

선무당이 사람 잡는다던가. 이제, 내 글이 나를 위한 한恨풀이 씻김굿이 아니기를 바란다. 자꾸 세상에 참여하는 글을 쓰고 있는 변이다. 지난 겨울, 광장의 촛불의 보며 겁이 났었다. 꼭 나를 향하 달려드는 돌진 같았다. CCTV가 없는 사각지대에서도 하늘과 땅과 해와 달 별, '천지신명일월성신' 앞에, 그 무엇보다 이제 자신의 의견을 말하기 시작한 손자 앞에 떳떳하게 살고 싶다. 아마도 수필이 나를 응원해줄 것이다.

어에 머물다

올 한 해, 탄핵정국으로 나라가 어수선했다. 나는 나대로 새로운 주거지에서 어영부영하였는데 그래도 날마다 잠을 자니, 어느덧 해가 바뀌었다.

한 스무날, 네팔에 다녀왔다. 지난해, 지진으로 어마어마 어마무시 엄청나게 부서진 카트만두에서 코와 입을 가리고 발이 아프도록 걸었다. 온 도시가 쓰레기더미 같았다. 그곳 거리에 사람들이 깨진 벽돌처럼 많았다. 도시 전체가 암울하여, 그 누추함과 측은한 눈망울을 오래 쳐다보기도 민망했다.

그런데 그들은 눈이 마주치면 어이없게도 바보처럼 웃는다. 뚝딱대는 망치 소리, 짐을 져 나르는 아낙들 곁에 아이들이 노동놀이를 하면서도 웃음소리가 그치지 않는다. '어쩌다 저 꼴이 되었나?' 어처구니없는 가운데에서 어색한 몸짓으로 어정쩡 어질게 웃는 사람들, 흙먼지 풀풀 날리는 폐허에서 희망의 소리를 들었다. 나는 '어'에 대해 생각해본다.

나도 그들처럼 '어'하고 싶다. 좀 더 어줍게, 좀 더 어눌하게 살고 싶다. 엄살떨지 않고 어슷어슷 대파를 썰어 어묵탕과 어리굴젓 어물쩍 버무려서 식탁을 어방치기로 차려야겠다. 손자의 장난감이 거실에 어수선하게 어지간히 엉망으로 어질러져 있어도 보이지 않는 척, 눈앞에 어스름 어렴풋하게 어둑어둑한 장막을 쳐야겠다. 어떤 상황에서도 어정버정 날들을 보내고 싶다. 어수룩하게 어금버금 어슬렁어슬렁 어즈벙어즈벙 어치렁어치렁 굼떠도, 남편과 아이들 대소가 친인척과 대한민국은 어라 차차! 어기영차! 제자리를 지키며 잘 돌아갈 것이다.

어찌하였든 나는 '어'라는 변방에 서고 싶다. 어벙하게 어기적어기적 지내노라면 한해 두해 세 해…, 어서어서 윤택한 삶을 꿈꾸던 욕망에서 벗어나고 싶다.

아이가 어린이 식탁에서 밥을 먹다 말고 벌떡 일어난다. 아이 아비가 굵고 단호한 목소리로 아이 이름을 부르며 호

통 친다. "괜찮아, 다음부터는 그러지 마."라고 하니, 아들
이 어미를 호되게 나무란다. 집에서 괜찮다고 하면 밖에 나
가서 그 버릇이 그대로 나온다며 "세 살 버릇, 여든 간다."고
손자 앞에서 제 어미를 또박또박 가르친다. 어럽쇼! 어이가
없다. 어안이 벙벙하다. 그렇다. 괜히, 목소리가 커졌다. 아
이는 어찌할 바를 모르고 얼떨결에 저도 모르게 고함친다.
할머니와 아비가 싸우는 줄 알았던 모양이다. 제풀에 놀라
양쪽 눈치를 보며 서럽게 울기 시작한다. 잠시 어리광이지,
가만 놔둬도 어련무던하게 잘 자랄까. 참 별것도 아닌 일에
삼 대가 맞섰다. 할머니는 아이를 껴안으며 "아냐, 괜찮아.
할머니는 괜찮아."라며 나이가 들어 '할머니사람'이 되면,
그까짓 거 아무렇지도 않다고, 할머니는 그동안 만들어 놓
은 지혜 주머니가 있다고, 그 주머니 안에 '포기'라는 단어
를 얼른 집어넣었다고, 조곤조곤 아기에게 이야기했다. 어
리둥절하여 한참을 빤히 쳐다보더니, 아이는 말귀를 알아
들은 것처럼 제 아비 품으로 가 안긴다. 아들이 한마디 한
다. "할머니 한번 안아드려." 숨소리 파닥이는 손자의 가슴
이 따뜻하다. 하품이 크다. 금세 잠이 들 것이다.

　"괜찮아" 괜찮다. 라고 말했다. 이즈음 내가 가장 많이 하

는 말이다. 정말, 나는 괜찮은가? '괜찮다'라는 말속에는 괜찮고 싶은 소망이 들어 있다. 비손하는 간절한 마음으로 "나마스테이Namaste*" 두 손을 모은다. 네팔에서 배운 인사말이다. 나에게 '나마스테이'는 '괜찮아'의 동의어다.

'남는 것이 시간밖에 없다.'는 말은 그건 사람이 할 소리가 아니라고 여겼었다. 요즘 나는 이 말을 아주 살뜰하게 실천하려고 한다. 마음이 한가롭고 싶다. 그동안 강행군했던 세월을 보상하는 시간, 유배의 휴식을 누리고 있다.

유배생활의 특징은 아는 사람을 만나고 싶지 않다. 아이들 혼사 후, '할마'라는 신조어로 살고 있다. 그런데, 나는 아직 전업주부가 아니다. 화요일부터 금요일까지 손자가 어린이집에 머무는 시간동안, 오전 오후 파트타임으로 일을 한다. 내 주위의 지인들이 '그 짓을, 왜?' 하느냐며 어리석음을 따끔하게 꼬집어준다. 어중간한 이순耳順의 나이에 어린 손주들 스케줄로 바쁜 '여사'를 다른 말로 '미와 친한 여자'라 한다며 우수개소리인 양 말해준다. 자신들의 일상을 다행으로 여기며 안도의 숨을 쉰다. 어떤 이는 선심 쓰듯 "손자 실컷 봐서 좋겠네." 부러운 듯 말한다. '그렇게 잘난 척 하시더니…', 사실 고소하게 여기는 눈빛이 역력하다. 아니라고? 왜, 그리 꼬였느냐고? 세상에 어느 누군들 '제 2의 인생'을 「황혼육아」로 시작하고 싶겠는가. 요즘 신세대들은 육아를 교양도 품위도 송두리째 빼앗아간다며 '야만의 시간'이라고 한다. 그러나 그 상황 속에 있으면 그 선택을 할 수밖에 없는 소중한 마음자리가 있다. 나는 '내가 선택한 삶'을 스스로 존중한다. 그리고 그대께서 나와 같은 일상을 어렵사리 자의든 타의든 택하셨더라도 "괜찮습니다, 나마스테이" 그대를 존중하려고 한다.

어머, 참! 황혼육아의 묘약妙藥도 있다. 수면제를 먹지 않아도 9시 뉴스 화면 앞에 곯아떨어진다. 그런데, 아는가? 손자의 똥이 얼마나 어여쁜지. 고 작은 입으로 어찌나 잘 받아먹고 잘 싸는지 그저 고맙기만 하다. 똥 빛깔이 볼수록 기특하여 어깨가 어둔해지고 허리가 점점 어그러지는 것도 잊는다. 사골이 뽀얗게 우러나는 대비마마 어부인의 곰삭는 골병이다. 어차피 세월이 한 세대 지나면, 어명御命이 아니더라도 내 몸은 백골이 진토 되어 임을 향한 단심가가 될 것이다.

어느 선배분이 네 명의 손주를 돌보며 해마다 럭셔리 해외여행을 다니신다. 명품 옷을 입고, 오페라, 연극, 또는 고급 레스토랑에서 가족식사를 함께 한다며 자식이 베풀어주는 '복지'를 여러 사람 앞에서 발표한다. 그리고 아무도 없는 곳에서 넌지시 내손을 맞잡고 육체는 '피폐'하고 정신은 '황폐'해지는 그 어려운 일을 왜 자처했느냐며 어릿어릿 눈자위에 물기까지 어린다. 육아보다 더 힘든 "황혼육아 우울증은 어쩌시려고?" 글쎄다! 문득문득 가라앉는 '손주블루' 증세를 누가 어루만져 줄 것인가. 밥 한 공기와 오이지무침 하나로 혼자 TV보며 먹는 식사시간을 꿈꾼다. 기차 창밖을 내다보며 홀가분하게 떠나는 여행이 얼마나 그리운지, 그놈(?)의 자식들은 절대 모른다. 어슬막에 아들 손자, 며느리를 위해 진수까지는 아닐지라도 비지땀으로 간한 성찬을 차린다. 밥 수발 덕분에 살비듬도 표정도 날이 갈수록 넉넉하여 어정잡이 관세음보살상이 되어간다.

그래도, 나는 "어부바" 어리바리한 모습으로 어린 손자를 어른다. 어진 심성으로 어긋나지 않게 어엿한 행실을 하는 시기까지 한동안 '어'에 머물 것이다. 그것이 어리석은 어미의 얼간이 사랑임을 어림짐작한다. 순수하게 오직 내 것을 다 내어주고도 순직할 수 있는 고귀한 이름. 나는 아이를 낳은 '어미'이다. '내가 아니면, 누가? 지금 아니면, 언제?'

진정한 어른의 작위爵位는 '어머니' 그리고 '어버이'라고 어
거지 어록을 새긴다.
　'이런들 엇더며 져런들 엇더료, 만수산 드렁츩이 얼거진
들 엇더리,'
　"어랑어랑 어허야, 어허야데야 내 사랑아~ ♬"

* 나마스테(산스크리트어: नमस्ते)는 인도와 네팔에서 주고받는 인사말
　이다. 만났을 때뿐만 아니라 작별할 때도 사용한다. ― 위키백과 ―
　'나는 당신을 존중합니다.' 라는 뜻.

성냥

　세상에 가장 재미있는 구경거리는 싸움구경과 불구경이라 했다. 불난 집에 부채질을 한다. 산 위에서 구경하다 내려와 보니 내 집이 불타고 있다. 그래도 재미있겠는가. 아무 곳에나 마구 그어댄다. 붙으면 붙고, 아님 말고 식이다. 불꽃이 두 살배기 손자의 생일케이크 위에 촛불처럼 소망이라면 좋겠다.

　국정농단의 주역들, 잘나가는 강사들. 베를린에서 대종상을 받는 감독이거나 영화배우 그들을 그냥 가십거리로 보아 넘기지 못한다. 좁은 땅의 밀집된 인구, 빠른 인터넷 속도의 폐해다. 나보다 잘살면 나보다 잘나가면 두고 못 본다. 누가 결혼을 두 번했든 세 번했든, 그 일로 반성을 하건 상과 벌을 받건, 그건 모두 개인적인 사생활이다. 그런데 우리는 '그것이 알고 싶다.' 집단적인 관음증 환자들 같다.

아무 상관도 없는 사안에 기사나 사건과는 무관한 똑 같은 주장과 목소리로 이곳, 저곳 닥치는 대로 성냥을 그어댄다. 성냥[石硫黃]은 마찰에 의하여 불을 일으키는 도구다. 성냥불의 관건은 빠른 속도로 그어야 불꽃이 살아난다. 그것이 아르바이트인지 아니면, 정말 내가 아니면 안 되는 심각한 일인지 모르겠다. 불꽃뿐인가. 불 꺼진 성냥 개피 그을음으로도 마구 긋는다. 전혀 거르지 않은 육두문자, 입에 담을 수 없는 '괴력난신怪力亂神' 들이다.

그럼, 그렇게 바른 척 말하는 너는 누구인가? 나, 나는 자시에 태어난 쥐띠도 아니면서 마우스를 손에 쥐고, 정치 경제 문화 사회뉴스를 다 보고 있다. 그런데 무엇이 더 궁금하여 스마트 폰을 들여다보는가. 댓글이다. 나도 그것이 궁금하다.

댓글은 중독성이 있다. 처음에는 따갑고 불편하다가 거의 비슷한 내용을 계속 보면 내성이 생겨, 밋밋하면 오히려 가렵다. 일방적으로 '봐라!'하는 공중파 방송의 뉴스, '이래도 안 봐!' 목소리 높여 왕왕거리는 선정적인 종편보다 나에게는 실시간 댓글이 더 리얼하다. 말은 점점 거칠고 억양과 속도까지 숨이 차다. 나도 생각이 있는데, 나도 소신이 있는데, 자신을 바로 잡으려 하나 어느 사이 무젖는다.

근면, 성실, 하면 된다, 국민교육헌장, 새벽종이 울리는 새마을, 반공 방첩. 초등[국민]학교 때부터 획일적인 교육을 받고 자랐다. 어느 소설가는 여태까지 정치가 자유당시절과 공화당시절에서 공회전했다고 꼬집었다. 그런데 요즘의 세태가 다시 다른 잣대로 그 길을 또 가려고 한다. 다름과 차이를 인정하지 않으려 한다. 현직 대통령 탄핵이후, 나는 수업하면서 눈치를 보기 시작했다. 공교육의 강의실과 달리 나의 강의실에는 20~80대가 다 계시다. 어느 쪽을 부각시킬 수도 폄할 수도 없다. 신세대 구세대의 양단이 아니라, 각자 다른 세대 제자백가들의 목소리가 천층만층이다.

15분 단위로 폭소를 자아내게 하던 나의 수업에 예禮만 있고 악樂이 점점 줄어든다. 춘추전국시대의 스토리텔링도 조심스럽다. 바로 팩트인가, 허구인가 묻는다. 논어는 중국의 고전이다. 정치의 문제만이 아니다. 사드배치이후, 중국이 심상찮다. 한국산 불매운동, 여행객 불허, K팝과 K드라마를 제재한다. 인문학 논어강의를 사대주의 유물을 일베*

의 수준으로 추앙하는 것은 아닌가하는 의심의 눈초리를 받는다. 느닷없이 공자는 어느 나라 사람인가 묻는다. 중국에서 노신이 '漢子不滅 中國必亡'이라 하여 '한자가 멸하지 아니하면 중국이 반드시 망한다.'는 말을 했었다. 주체사상이 살아야 하니 유학사상儒學思想을 거부하여 공자를 '시인'이라고 표현했었다. 실제로 논어는 지극히 문학적이다.

세상에 가장 미련한 사람이 변호사한데 변명하고, 판사하고 이판사판 싸우는 사람이라 들었다. 그냥 평범하게 사는 사람들이야 무슨 일로 일부러 시간 맞춰 변호사와 판검사를 만날 일이 있겠는가. 그런데 우리의 시민의식은 광장에서 바로 촛불을 켜는 새로운 시대를 만났다.

이글을 쓰는 동안, 인천 소래포구에 화재가 났다. 발 빠른 기자들보다 번개같이 빠른 속도로 현장, 또는 이전에 현장에 갔던 사람들이 불꽃처럼 댓글을 달았다. 댓글이 살벌하다. 누구 하나 화형火刑으로 죽는 꼴을 보려한다. 우리나라는 민주주의다. 누구든 자유롭게 말할 수 있다. 그러나 우리 중에 누가 군중의 몰매를 맞아 억울한 일을 당할지 모른다. 인터넷 안의 누리꾼[Netizen]들이 모두 전문가다. 여론이 곧 정의만은 아닐 것이다. 과도한 언어폭력이다. 한번 죽이는 것이 아니라 두 번, 세 번 죽이는 그야말로 '육시戮屍할'이다.

'공자께서 평소의 말씀은 시경詩經과 서경書經과 예禮를 실천하는 모습으로 다 우아한 바른말[雅言]을 하셨다.'고 한다. 나는 사회에 대한 책임의식이나 윤리도덕처럼 거창한 기준은 잘 모르겠다. 다만 이왕이면 저널리스트 같은 교양을 갖추고, 크지 않은 목소리로 상냥하고 아름답게 말하고 싶다. 그런데 요즘 나는, 일상적인 말도 눈치를 본다. 누군가 느닷없이 나에게 성냥을 그어댈 것만 같다.

* 일베 : (일간 베스트 저장소, 약칭 일베) 대한민국의 인터넷 커뮤니티이다. 주로 정치, 유머 등을 다루고 있다.
　인터넷 커뮤니티단체로 대한민국 보수 성향의 유머 풍자사이트이다.

원願

　내 친구, 영희. 같이 중국어공부도 하고, 쇼핑도 하고, 가장 많이 하는 것이 일 년에 대여섯 번 만나서 밥을 먹는다. 미리 정해놓은 약속 날짜는 없다. 문득, 보고 싶으면 아침에 연락하고 오전 수업이 끝나자마자 그녀가 근무하는 동네로 운전하여 달려간다. 언제나 두 팔 벌려 환영해준다.

　그녀는 D 대학 병원의 의사다. 그녀의 남편도 두 자녀도 다 의사다. 온전한 의사가족이다. 나는 그녀가 내 친구라는 것이 자랑스럽다. 그녀는 완성된 퍼즐처럼 어느 한 모퉁이 한 자락 한조각도 부족함이 없다. 나는 그녀의 *'완完'을 늘 부럽게 여긴다. 그런데 정작 그녀는 늘 자신은 할 수 있는 것이 아무것도 없다고 말한다. 나처럼 겸손한 척, 일부러 감정을 조절하며 말하지 않는다. 언제나 자신을 가장 낮은 자리에 놓는다.

지난주에도 그녀가 예약해놓은 이탈리안 음식점에서 만났다. 나는 방학 동안, 인도 배낭여행 다녀온 여행담을 늘어놓았다. 그녀도 그녀 남편과 인도여행을 다녀온 터였다. 그녀는 내 처지를 뻔히 알면서도 "남편이랑 같이 가서 좋았겠네." 언제나 내 이야기를 경청하며 그다음 이야기를 부추긴다. "좋았지." 잠자리도 좋고, 짐꾼도 좋고…, 나는 그녀 앞에 자주 의기양양하게 허세를 부린다. 사실 여행 가서 한 방에서 잠을 자야하는 룸메이트와 맞추기가 쉽지 않다고들 한다. 그러나 부부사이는 이미 서로의 잠버릇을 누구보다 잘 아니, 거꾸로 자든, 바로 자든, 코를 골든, 이를 갈든 새삼스레 불편할 일도 없다.

그녀도 나처럼, 남편하고만 여행을 다닌다. 그들 부부와 다른 점은 우리는 현지인 안내자가 없이 다닌다. 도와주는 사람이 없으면 모든 것을 둘이 개척해야 한다. 교통편, 잠자리, 먹 거리…. 그중 배낭여행일 때는 짐이 문제다. 캐리어면 손잡이만 끌면 되지만, 배낭여행은 꼭 등에 무거운 배낭을 메야 한다. 문제는 남편의 어깨가 양쪽밖에 없으니, 전문 세르파를 능가하는 힘이 있어야 한다. 긴 시간 장거리 여행을 하다보면, 한번 쓰고 버리는 이쑤시개도 무겁다. 나의 남편이 어디 짐만 버리고 싶겠는가.

나는 전생에 꽃가마만 타고 다니던 황후였던지 여권 가방 하나로 남편을 쫓아다닌다. 여행객들의 시선이 따가울 때가 많다. 남편을 모질게 부려먹는 악독 마누라쟁이로 본다. 그들은 모른다. 내가 백조처럼 우아하게 빈손으로 걷기 위하여 날마다 얼마나 고되게 살고 있는지. 당장 눈앞에 보이는 등짐부피로만 판단한다. 무굴제국의 황제인 샤자한이 황후를 너무 사랑하여 전쟁터까지 데리고 다니는 그 가혹함을. 사랑이라는 이름으로 혹사당하는 힌두여성의 '사티 sati문화'를. 황후는 14번째 아이를 낳다가 죽는다. 사랑하는 황후를 위하여 뒤늦게 타지마할을 짓는 황제의 어리석음을 모른다. 세계인들이 줄서서 찾는 타지마할은 훗날, 그들의 무덤이 되었다.

"그래, 나는 남편이 짐꾼으로 좋은데…, 그대는 남편이 어때?" "나? 나는 남편이 '축복'이지!" "뭣이라!" 이 무슨 뚱딴지같은 개그인가. 닭살의 수준을 뛰어넘었다. 지천명을 지나 이순을 넘어 고희의 고지를 향하는 나이테다. 그런데 한순간의 망설임도 없이 그녀는 남편을 칭하여 '축복'이라

했다. 과연 내 친구 영희답다. 그녀의 완을 부러워하던 나는 현장에서 두 손을 번쩍 들었다. 나는 누구 앞에서 선뜻, 남편을 내 인생의 '축복'이라고 말할 수 있을까?

몇 년 전, 어르신들 프로를 TV로 본 적이 있다. 마을 입구 느티나무 아래에서 격의 없는 리얼 토크쇼였다.

문제 1 : 여자들은 남편의 무엇으로 사느냐?

할머니 답 : "등골!"

여자는 "남편의 '등골'을 빼먹고 산다."고 했다. 정답은 '사랑'이다.

문제 2 : 남편은 아내에게 평생의 무엇인가?

할머니 답 : "웬수!"

남편은 여자에게 '평생원수'라고 했다. 정답은 '반려자'이다.

나에게 남편은 무엇인가?

휴우~,

일단 교양을 고명처럼 얹자. 우선 숨 고름 깊이 들여 마시고 나는 '＊원願' 이라고 말하고 싶다. 원하는 대로 짝짝 맞장구 쳐주는 사람, 그가 나의 평생반려자 손뼉이었으면 좋겠다. 한 손으로는 소리를 낼 수 없다. 씨줄 날줄, 청실홍실,

비파와 거문고, 검은 머리 파뿌리, 동혈同穴해로偕老하는 그
날까지.

　원하는 대로 "원샷!"

* 완完 : 부족함이 없음. 본디대로 있게 함, 일이 완결됨, 보존함.
* 원願 : 바라고 원함.

별을 품은 그대

"친구들과 사이좋게 지내고, 입은 닫고 지갑은 열고…,
수업시간에 카톡하다가 핸드폰 빼앗기지 말고, 선생님께
엉뚱한 질문하지 말고," 말고, 말고는 내가 공항에서 K 선
생에게 당부하는 말이다.

그가 군대 입대하는 날도 그랬었다. 부산에 사는 남학생
을 서울에 사는 여학생이 대전역에서 만나 논산훈련소로
데려다 주었다. 입대 당일까지 여학생 앞에서 폼잡느라 더
벅머리 장발이었다. 그가 상사에게 밉보일까 봐 나는 애를
태웠다.

아들이 새 운동화와 가방을 사왔다. 자식이 아비에게 마
련해주는 입학선물이다. 먼저 가방에 붙은 태극문양 부터
떼어냈다. 위험한 요소를 없애야 한다. 국제적으로 한국의

장년남자가 가장 위험하다는 말을 들은 적이 있다. 세계 소매치기나 사기꾼에게 표적이라고 한다. 신용카드보다 현금을 선호하고, 말보다 고함을, 듣기보다 지시를 일삼던 세대다. 이미 기력이 쇠하였으면서도 그는 누가 봐도 객기로 큰소리치는 전형적인 대한민국 남성이다.

그런 그가 지금 물설고 말 설은 낯선 땅에 간다. 왜, 가는가? 가족의 생계를 위해 경제활동을 하러 가는 것이 아니다. 그러니 말릴 수가 없다. 그는 30년 넘게 근무했다. 그동안 흰머리와 주름의 훈장뿐만 아니라 두 아이를 낳아 인구증가에 국민의 의무를 다했고, 아이들을 분리독립 시켰으며, 이 땅의 청소년들을 일선에서 지도했다. 그런데 문득, 하던 일이 적성에 맞지 않았다고 한다. 그렇다. 직업과 꿈은 다르다. 그는 지금 적성을 찾으러 어학연수 가는 중이다.

남편, K 선생은 일제강점기와 전쟁을 겪은 엄한 부모님 밑에서 태어났다. 사내는 모름지기 강해야 한다. 베이비붐 세대이니 어쨌든 생존하여 누구보다 잘사는 것이 목표였을 것이다. 뭔가 잘못하면 부모님은 옥상 위 드럼통에 물을 채워 엄동설한에 벌거벗고 물속에 들어가는 벌을 주었다고 한다. 학교에서는 획일적인 엎드려뻗쳐 각목 세례를 받았

고, 유신정권 시대에 전투경찰로 부마사태에 투입되어 군
홧발에 밟히는 수모를 당했던 세대다. 아직 '응답하라!
1975'가 나오지 않았을 뿐이다. 그의 청춘이 그렇게 지나갔
다. 기계처럼 일하던 그에게 마땅히 포상휴가를 주어야 한
다. 국가에서 마다하면 아내인 내가 지원해줘야 한다.

나는 비교적 자유롭게 자랐다. 사방이 풀꽃 향기로 사람
과 동물, 곤충과 꽃이 어우러진 아련한 풍경화다. 산골 마을
집성촌의 손이 귀한 증손녀로 태어나 다정하고 따뜻하게
자랐다. 누구에게 야단맞지 않고 얽매이지 않고 구속당해
본 적이 없다. 내가 무슨 짓을 하지 않았던 것은 순전히 내
선택이었지 누가 나를 단속한 적은 없다. 나의 성장 과정은
무엇이든 내가 선택하여 내가 실천하고 너가 책임지며 내
마음이 가는 대로 살아왔다.

그가 부릅뜨고 쳐다보던 별과 내가 긴 속눈썹 사이로 바
라보던 별은 달랐다. 그가 겨울의 삭막한 도시 불빛을 보았
다면 나는 한여름 밤의 은하수를 보았다. 정서의 실마리가
실타래의 끝과 끝이다. 어머님이 돌아가신 후, 착한 며느리
는 시어머님의 유지를 받들어 아침마다 식탁에서 밥상머리
교육으로 잔소리했다. 그는 나하고 사는 동안 많이 힘들었

을 것이다. 그 세월 어느덧 이순耳順이 되었으니, 그도 참을
만큼 참았다.

'질량불변의 법칙'이라는 것이 있다. 아무리 고고한척해
도 개구쟁이 본성은 부릴 만큼 부려야 가라앉는다. 이왕 통
과의례라면 사춘기 정도는 부모님 슬하에서 지나갔으면 좀
좋았을까. 그래도 아직 몸과 정신이 성한 때에 '자신에 의
한, 자신만을 위한' 시간을 좇겠다는 발상이 갸륵하기는 하
다.

오히려 '발광'의 시기가 늦게 찾아왔을지도 모른다. 엄마
잃은 아들의 어깨가 얼마나 내려앉는지 나는 안다. 날마다
어리광을 부리는 남편에게 열 천 불을 받다가도 '너의 엄마
가 없어서 내가 봐준다.'며 그의 편을 들어주기 시작했다.
결국, 나의 인자한 모성애가 그의 간을 키웠다. 그로 인해
나는 뒤늦게 남편을 유학 보내는 학부형이 된 것이다.

몇 년 전, 텐트를 차에 싣고 남프랑스 프로방스지역 퐁비
에뉴에 간 적이 있다. 퐁비에뉴는 알퐁스 도데의 고향이다.
도데의 작품『풍차방앗간 편지』의 배경 앞에서 사진을 찍
을 때도 몰랐다. 도데의 문학관에 들러 방명록에 나의 꿈에
대한 감사의 메모를 해놓고 나왔다. 나는 알퐁스 도데의

「별」이 K 선생의 교과서 안에도 있었다는 사실을 헤아리지 못했다. 하필, 그날따라 풍차 앞에 비바람이 심하여 내가 입은 프로방스 스타일의 복숭앗빛 원피스 자락이 휘날렸다. 바람에 치켜 올라가는 내 치맛자락을 끌어 내리느라, 정작 그의 꼭 끼는 바짓가랑이가 흠뻑 젖는 것을 보지 못했다.

나는 그곳, 도데의 문학관에 나의 별을 내려놓고 나왔는데, 내가 내려놓은 별을 어느 틈새 그가 몰래 가슴에 박아왔다.

그는 지금, 가슴에 별을 품고 비행기를 탄다. 아마도 머지 않아 빛나는 별을 가슴에 달고 개선장군처럼 돌아올 것이다. 나는 그의 앞에서는 늘 여자이기를 바란다. 별을 바라보는 '스테파네트' 아가씨가 되고 싶은데, 나의 철없는 목동은 내가 자기 엄마인 줄 안다. 응석받이 칭찬을 꿈꾼다. 어쩌랴! 내가 여태까지 따뜻한 밥 먹여 키운 내 남편인 것을.